作者简介

侯立兵，一九七二年生，湖南常德人，现居广州。广东第二师范学院中文系教授，中国社科院文学所博士后。广东智慧青少年官首席文学顾问，珠江月诗词学会顾问，广东中华诗词学会创作委员会主任，岭南诗社讲师团团长。曾获全国优秀博士论文提名奖、丁玲文学奖一等奖。

诗词创作书坊

诗词作法与玩法

侯立兵 著

中国书籍出版社
China Book Press

图书在版编目（CIP）数据

诗词作法与玩法 / 侯立兵著 . -- 北京：中国书籍出版社，2020.4
ISBN 978-7-5068-7824-1

Ⅰ.①诗… Ⅱ.①侯… Ⅲ.①诗词格律-创作方法-中国 Ⅳ.① I207.21

中国版本图书馆CIP数据核字（2020）第044463号

诗词作法与玩法

侯立兵 著

策　　划	师　之
责任编辑	王志刚
责任印制	孙马飞　马　芝
封面设计	王静怡
出版发行	中国书籍出版社
地　　址	北京市丰台区三路居路97号（邮编：100073）
电　　话	（010）52257143（总编室）　（010）52257140（发行部）
电子邮箱	chinabp@vip.sina.com
经　　销	全国新华书店
印　　制	北京金特印刷有限责任公司
开　　本	787mm×1092mm　1/32
字　　数	245千字
印　　张	8.5
版　　次	2020年4月第1版　2020年4月第1次印刷
书　　号	ISBN 978-7-5068-7824-1
定　　价	50.00元

版权所有　　翻印必究

序 言

常听人说诗可以"言志",可以"吟咏情性",而今有个诗坛后秀竟然说诗还可以"玩"?

《诗词作法与玩法》——乍看书名顿觉一惊,旋即又觉一喜,读完全书更是深以为然。的确,诗词不仅可以言志抒情,还可以唱和酬答、游戏娱乐,这便是诗词的社交功能。作者专列"玩法"一编,详解分韵、唱和、限题、联句、集句、回文、辘轳、连珠、诗钟和酒令等十余种诗词玩法。在此之前,这些玩法犹如散金碎玉般遗落书海;而今此书面世,读者终可一囊收尽、大开眼界。我知道的诗词写作类书籍不在少数,对于玩法都是付诸阙如的。"玩法也是作法",这是本书难能可贵的创见。

在谈及格律和作法之时,作者也有较多创见。谈格律,不仅谈规则是什么,更谈如何去学,如何去教。谈作法,不仅谈套路,也谈如何反套路,并且明辨师古与创新的关系。为了解决初学者的难点和痛点,作者提出了许多管用而且好玩的招数,说是好玩,其实是独到而精当的诗词教学法。窥斑知豹,且看第三讲"侯氏格律训练法",所讲"腾挪""还原""倒推"三法对于解决教与学双向过程中的实际难点甚为得法。其中"腾挪法"尤其值得赞叹,以"谁、不、爱、诗词"五字四词任意组句,自然得出四个律句,顺势导出一首五绝，此法精妙有趣，让学习过程不再枯燥，变得自然天成。大道至简，非有独到体悟且善于理性提炼者，定难达到如此境界。

得法、管用、有趣，是此书的三个特点。它不仅适合学诗者，也适合教诗者，值得成为广大诗词爱好者的袖珍佳作。作者会写诗词，能教诗词，长期从事校园诗教，经验颇丰，体悟精深，我衷心期待他今后在诗词领域能有更多创获。

是为序。

熊东遨

己亥腊月于忆雪堂

目 录

序　言 / 1

第一编　诗律

第一讲　平仄与押韵 / 3
第二讲　对仗与粘连 / 10
第三讲　侯氏格律训练法 / 19
第四讲　诗式 / 24
第五讲　避忌 / 33
第六讲　拗救 / 38
第七讲　仄韵格律诗 / 45

第二编　词律

第一讲　词牌、词谱 / 53
第二讲　词的平仄 / 61
第三讲　词的用韵 / 64
第四讲　词的对仗 / 68

第三编　作法

第一讲　字法 / 79

第二讲　句法 / 90
第三讲　章法 / 105
第四讲　师古与创新 / 123

第四编　玩法

第一讲　分韵 / 133
第二讲　唱和 / 137
第三讲　限题 / 143
第四讲　联句 / 150
第五讲　集句 / 153
第六讲　回文诗词 / 158
第七讲　辘轳体 / 165
第八讲　连珠体 / 168
第九讲　诗钟 / 173
第十讲　诗词酒令 / 179

第五编　附录

附录一　入声字辨识法 / 187
附录二　普通话中读平声的常用入声字 / 192
附录三　平水韵字表 / 194
附录四　词韵简编 / 209
附录五　常用词谱 / 228

参考文献 / 262
后　记 / 263

第一编 诗律

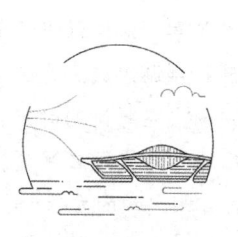

平仄、押韵、对仗，是诗词格律的三大要素，前两者更是基本要素。汉语以单音节语素为主，汉字音节一般由声母、韵母和声调组成。为了充分发挥这种语音上的优势，自古以来中国人在写诗的时候就非常注重音律的和谐。唐代以前的诗歌虽然不太注重平仄，但是大多注意押韵。南北朝以后，随着音韵之学的发达，诗人们开始更加注重平仄和对仗。从唐代开始，格律诗正式形成，以典雅精工的形态登上历史舞台。从此中国的诗歌创作进入到了格律诗词的时代。文学史上，常常把唐代以前格律要求宽泛的诗歌称为古风或古体诗，把从唐代开始格律严谨的诗称为近体诗或今体诗。为了避免概念上的混淆，本书将符合平仄、押韵、对仗要求的诗词，称为格律诗词，所讲的内容也聚焦于格律诗词。

第一讲　平仄与押韵

诗词的格律之美源于汉语的独特魅力。汉字由单音节构成，声调表意，四声分平仄；字形为方块字，整齐方正，这些都为诗词格律的形成奠定了天然的优势。诗词格律堪称大美集成，兼具音乐旋律的和谐之美、建筑结构的平衡之美，以及数学排列组合的灵动之美。

一、平仄

现代汉语普通话的声调分为四种：阴平、阳平、上声、去声，俗称第一声、第二声、第三声、第四声。按照平仄可归为两类，前两者为平声，后两者为仄声。

然而，传统汉语与今天普通话的声调却有所不同。传统汉语的声调也分四种：平声、上声、去声、入声。这里的平声包括了普通话中的阴平、阳平，去声在普通话中也有，只有入声是普通话中没有的。

那么，问题来了，传统汉语中的入声字都去了哪儿呢？

分别去了平、上、去三种声调中了，这就是所谓"入派三声"。

入声在普通话当中已经没有了，那我们还能不能感受到入声的特点呢？答案是肯定的。如今在粤语、赣语、闽南语、客家话、新湘语、徽语、晋语、江淮官话、部分西南官话以及极少数冀鲁官话里不同程度地保留了入声。通过方言可以感受入声的特点，并能辨识入声字。入声字的发音特点是读音短促、一发即收。也就是《康熙字典》里"分四声法"所讲的"入声短促急收藏"。

分四声法

平声平道莫低昂，上声高呼猛烈强。
去声分明哀远道，入声短促急收藏。

二、押韵

押韵是格律诗词的基本要素之一。何谓押韵？通俗地讲，就是在诗词中把同韵母的两个或更多的字，放在同一个位置上。一般都是把韵放在句尾，也即句子的最后一个字。例如：

芙蓉楼送辛渐

[唐]王昌龄

寒雨连江夜入吴（wú），
平明送客楚山孤（gū）。
洛阳亲友如相问，
一片冰心在玉壶（hú）。

这首诗的第一、二、四句的最后一个字分别是

"吴""孤""壶",韵母都是"u"。这就是押韵。诗句末尾押韵的字,就是韵脚。诗句末尾不押韵的字,俗称白脚。

格律诗中的押韵,有平声韵和仄声韵两种,以押平声韵的为多。学会了平声韵的诗,再学写仄声韵的诗也就不难了,可以触类旁通。

三、新韵和旧韵

现代人以普通话为标准语言,由于普通话与传统汉语的区别,现代人在诗词写作选韵的时候也就有了新韵和旧韵之分。

前人写作格律诗词遵从旧韵,一般而言,诗遵《平水韵》,词遵《词林正韵》。

"平水韵"的"平水"二字从何而来呢?《平水韵》的刊行者是南宋的刘渊,他的原籍是山西平水(今山西临汾),因此而得名。《平水韵》依据唐人用韵情况,把汉字划分成106个韵部(《平水新刊韵略》,其书今佚),是更早的206韵的《广韵》的一种略本。清代康熙年间,后人所编的《佩文韵府》把《平水韵》并为106个韵部,这就是广为流传的《平水韵》。

《词林正韵》作者是清代的戈载。该书分三卷,平、上、去三声为十四部,入声为五部,一共是十九个韵部。由于词韵对平水韵中的很多韵部进行了适当合并,所以填词的押韵相对写诗而言更为自由了。

当代人创作诗词,应该遵从新韵,还是旧韵呢?

第一编 诗律

这是一个备受争议，迄今尚无定论的问题。我在各地讲学的过程中，也常常会有人包括一些学校的语文教师向我询问对这一问题的看法。

我的主张是当代人写作诗词可以选择新韵，也可以选择旧韵。写诗的旧韵一般指《平水韵》，填词的旧韵一般指《词林正韵》。新韵，一般指《中华新韵》，2019年国家语委审定通过了《中华通韵》，学写格律诗的人也可选用。新韵和旧韵的关系是"倡今知古，双轨并行；今不妨古，宽不碍严"，新韵、旧韵两者之间应该并存，尊重个人选择。

对于在校学生和初学者而言，我主张可以先从新韵入手。因为，他们长期生活在普通话的语言环境之中，从新韵开始，可以降低门槛，激发学习诗词写作的兴趣。等到格律掌握相对娴熟之后，可以考虑让学生尝试按照旧韵写作。根据笔者多年的诗词教学经验，这种先易后难、循序渐进方式是一种务实有效的方法。

我们说，新韵、旧韵均可选用，但是，在同一首诗中则不可混用，这是值得注意的。如果向刊物投稿，使用新韵者一般要求注明"新韵"，便于编辑审读。

有一点值得强调，即便是选用新韵的人，为了便于分析前人的诗词格律，最好要能识别一些入声字。因为如果不掌握入声字，在分析古典诗词的格律时将会遇到很多障碍，进而也会影响对格律的熟练掌握和对诗词的深度鉴赏。还有，如果不能辨识入声字，在诵读和鉴赏诗词时对入声特有的悲咽、幽怨的声情则会失去感知和体会。更为关键的是，有些词谱用韵是只能用入声的，如《满江红》的正体，如果不懂入声，则不能填这一类的词。

常见疑问

1. 如何辨识入声字？

很多初学诗词格律的人对于入声字的辨认多少会心存恐惧，其实大可不必。因为辨识入声字并不难。常见的方法有：

第一，方言辨识法。如果你的方言中有入声字，可以关注那些"读音短促，一发即收"的字，具备这种发音特点的十之八九都是入声字。第二，部首辨识法。记住了一个入声字，其他由这个字做部首的字，一般也是入声字。第三，读写记忆法。第四，拼音辨识法。详见本书附录一。

2. 押韵是不是指韵母完全相同？

这个不可一概而论。首先，有些格律诗按照现在的读音或许不押韵了，可是符合旧韵（平水韵）。其次，现代汉语拼音的韵母可以包括：韵头、韵腹、韵尾三个部分。韵头又称介音；韵腹是指元音；韵尾可以是元音，也可以是辅音，其中的辅音专指鼻韵母。例如，间 jiān，i 为韵头，a 为韵腹，n 为韵尾。押韵，一般只要求韵腹和韵尾相同即可，韵头，也就是介音，不必考虑。

凉州词

[唐]王之涣

黄河远上白云间,一片孤城万仞山。
羌笛何须怨杨柳,春风不度玉门关。

这首诗的三个韵脚"间""山""关",拼音分别为jiān、shān、guān。只要韵腹与韵尾相同,有无介音、介音是否相同都不影响对是否押韵的判定。

四、邻韵

标准的格律诗,一般都是一首诗只能押一个韵,这种严格要求有时会给诗的创作带来不便,于是中唐以后出现了一点松绑的现象,引入了"邻韵"概念,即分属不同韵部的字,如果读音近似,就称为"邻韵"。如"一东"和"二冬"即属邻韵。

到了宋代,出现了"衬韵"(又称"探头韵""借韵""孤雁出群"),即格律诗的首句若入韵,可用邻韵,以衬托后面的本韵。这种使用邻韵的方式仅限于第一句,被很多诗人接受且风行一时。譬如,苏轼《题西林壁》:"横看成岭侧成峰,远近高低各不同。不识庐山真面目,只缘身在此山中。""峰"属于"二冬","同"和"中"属于"一东"。这就是使用邻韵的案例。

拓展阅读

诗韵术语中还有"进退格""辘轳格""葫芦格"，也是邻韵通押的变通方式。

进退格是两韵间押，即第二、第六句用甲韵，第四、第八句则用与甲韵可通的乙韵，如"寒""删"或"鱼""虞"等，一进一退，相间押韵，故称。

辘轳格，双出双入。即律诗第二、第四句用甲韵，第六、第八句用与甲韵可通的乙韵，如先用"七虞"，后用"六鱼"等，双出双入，此起彼落，有似辘轳，故称。

葫芦格，一般用在首句押韵的律诗中，前二后三。如"东""冬"通押，先二韵"东"，后三韵"冬"。先小后大，有似葫芦之状，故称。

以上，其实均为押韵规则的变格。对此，我主张初学者读诗时不可不知，而写诗之时则应该慎用。

精选练习

1. 选择三首你熟悉的格律诗，绝句和律诗均可，分析它们的押韵情况。

2. 请从中小学语文课本中，或者从你熟悉的作品中选择几首格律诗，从中辨识入声字，越多越好。

第二讲　对仗与粘连

我们常说的律诗，一般有八句，分为五律和七律。四句的称为绝句，分为五绝和七绝。当然，也有八句、十句、十二句，甚至句数更多的律诗，称为排律。不管是绝句还是律诗，都有一个特点，句数都是偶数，也就是句子是成双结对的。每两句合起来称为一联。一联分为上句和下句，也称出句和对句。

一、律句

有人说格律诗的体式非常复杂，变化很多，学起来很难。其实不然！化繁为简，其中的各种变化都源自四个基本句。下面我们就以五言为例，来说一下四个基本句式：

> A. 仄仄平平仄
> B. 平平仄仄平
> C. 平平平仄仄
> D. 仄仄仄平平

以上A、B、C、D四种就是五言格律诗的基本句式，表明了每句的平仄格式。每一个句子都符合"一句之中，平仄交替"的原则。这样做的原因，是为了让一句之中的声调呈现出交错起落的变化。以上四个基本句，符合这其中任何一种平仄格式的句子都可称为"律句"。当然，句中的"一三五"（五言指"一三"）可以变化。把一个句子写成了律句，就为把整首诗写成格律诗奠定了基础。

有人接着会问，七言律诗的四个基本句是什么样子的呢？很简单！在以上四种律句的前方各加上两个字，这两个字的平仄与五言的前两个字相反即可。七言的四个基本句式：

A. 平平仄仄平平仄
B. 仄仄平平仄仄平
C. 仄仄平平平仄仄
D. 平平仄仄仄平平

拓展阅读

以上谈及的四个基本句是王力《诗词格律》中的格式。其实，启功的《诗文声律论稿》与此略有不同。主要是C、D两个句式的第一个字有变化。

A. 仄仄平平仄
B. 平平仄仄平
C. 仄平平仄仄
D. 平仄仄平平

启功版的四个基本句式似乎更能够体现"一句之中，

以两个字为一个节奏单位平仄相间"的句法特点。也更容易与对联的对仗规则相一致。不过，王力版的句式也没错。因为根据"一三五不论，二四六分明"的原则，C、D两个句式的第一个字本来就可平可仄。鉴于王力的诗词格律理论在当代影响更大，我们暂且依照他的句式。

二、对仗

以上四个基本句，符合这其中任何一种平仄格式的句子都称为"律句"。前面说过，把一个句子写成了律句，就为把整首诗写成格律诗奠定了基础。四个基本句两两匹配就构成了联，可以分成两联。A+B 为一联，C+D 为一联。

不难看出，无论是 A+B，还是 C+D，一联之中的出句与对句的平仄都是相对的。

绝句由两联构成。律诗由四联构成，依次称为首联、颔联、颈联、尾联。

春 望
[唐] 杜甫

国破山河在，城春草木深。（首联）
感时花溅泪，恨别鸟惊心。（颔联）
烽火连三月，家书抵万金。（颈联）
白头搔更短，浑欲不胜簪。（尾联）

绝句的两联不要求对仗，当然也可以对仗。律诗的首尾两联不要求对仗，当然也可以对仗，中间两联（颔联、颈联）通常情况下必须对仗。也就是说，律诗的中间两联一般应该是对联。一般而言，写律诗比绝句相对更难，除了句数多之外，关键在于律诗中间的两副对联要打造好更需功夫。

对仗除了要求上下两句平仄相对之外，还要求它们的词性相同、结构对等。这其实与楹联的规则是相通的。试以杜甫《春望》颈联为例：

"烽"对"家"：名词对名词。

"火"对"书"：名词对名词。

"烽火"对"家书"："烽"修饰"火"，组成偏正结构；"家"修饰"书"，组成偏正结构。结构对等。

"连"对"抵"：动词对动词。

"三"对"万"：数词对数词。

"月"对"金"：名词对名词。

"三月"对"万金"："三"修饰"月"，组成偏正结构；"万"修饰"金"，组成偏正结构，结构对等。

对仗又有宽对和工对之分。宽对是指对仗的词汇只要求大类相同即可，甚至可以放宽到相近的词类。如杜甫《奉赠王中允（维）》颔联"一病缘明主，三年独此心"，即属于宽对。

工对，又称严对，是指对仗的词汇不仅大类相同，而且所属的小类也要相同。譬如，名词又可细分为天文、地理、时令、人事、形体、颜色等具体的小类。

如王之涣"白日依山尽，黄河入海流"，即属于工对。

一般来说，诗词中的颜色词、数目词、方位词要求工对。

对联之中还有一类叫作"流水对"，在律诗当中常有出现。对仗一般是平行的两句话，各有相对的独立性。有一种是一句话分成两句说，这叫流水对。如王之涣"欲穷千里目，更上一层楼"、杜甫"请看石上藤萝月，已映洲前芦荻花"即属流水对。

合掌是对仗的一大禁忌。合掌本义是人的两个手掌相合，两边完全一样，比喻出句与对句完全同义或基本同义。例如，有一副当代人作的春联，"神州滋雨露，赤县灿春花"，这就是典型的合掌。

拓展阅读

南朝诗人王籍有一首《入若耶溪》的诗，全诗的意境很好。只是其中有一联"蝉噪林逾静，鸟鸣山更幽"，上下句均以闹衬静，后人多讥为合掌。宋代王安石将其改为"风定花犹落，鸟鸣山更幽"。上句为视觉形象，以静衬托动，下句为听觉形象，以闹衬静。不仅避免了合掌，而且意境更佳。

律诗当中也有首联或尾联对仗者。杜甫《闻官军收河南河北》的尾联"即从巴峡穿巫峡，便下襄阳向洛阳"就是对仗，属于流水对。王维《汉江临眺》是首联即对仗，加上中间两副，这样全诗有三副对联。

汉江临眺

[唐] 王维

楚塞三湘接,荆门九派通。
江流天地外,山色有无中。
郡邑浮前浦,波澜动远空。
襄阳好风日,留醉与山翁。

宋代米芾《将之苕溪戏作呈诸友》其一,也是前三联均用对仗。

将之苕溪戏作呈诸友

[宋] 米芾

松竹留因夏,溪山去为秋。
久赓白雪咏,更度采菱讴。
缕玉鲈堆案,团金橘满洲。
水官无限景,载与谢公游。

米芾书《苕溪诗卷》(局部),澄心堂纸本墨迹卷。纵30.3厘米,横189.5厘米。全卷35行,共394字,北京故宫博物院藏。

释 文

将之苕溪,戏作呈诸友。襄阳漫仕黻。松竹留因夏,溪山去为秋。久赓白雪咏,更度采菱讴。缕会(此字误书旁注卜乃点去符号)玉鲈堆案,团金橘满洲。水宫无限景,载与谢公游。

拓展阅读

律诗对仗有一种特殊的处理方式,叫作"偷春格"。意思是指本来应该是第二联对仗,提前把第一联对仗了,第二联就不用对仗了。这种格式就像冬天的梅花,把春色偷来率先开放,故名"偷春格"。最典型的例子就是王勃的《送杜少府之任蜀州》,首联"城阙辅三秦,风烟望五津"用了对仗,颔联"与君离别意,同是宦游人"就不对仗了。又如,杜甫的《一百五日夜对月》的首联"无家对寒食,有泪如金波"对仗,接下来的颔联"斫却月中桂,清光应更多"则不对仗了。

三、粘连

粘连,简称粘,就是把律诗中上下两联粘合起来。粘的作用,就是把律诗中的各联串联起来,以便组合成完整的诗篇。一联的上下句的平仄要求相对,上一联的下句与下一联的上句要求平仄相同。这里讲的平仄相同是指"二四六"位置的平仄相同。具体而言,是指五言律诗的第二、第四字,七言律诗的第二、第四、第六字。例:

夜宿山寺
[唐]李白

危楼高百尺,　　平平平仄仄
手可摘星辰。　　仄仄仄平平
不敢高声语,　　仄仄平平仄
恐惊天上人。　　平平仄仄平

第一编 诗律

我们来看这首诗的上一联的下句与下一联的上句，也就是第二句与第三句之间的平仄关系。第二句的第二、第四字分别是仄（可）、平（星），第三句对应的位置的字也是分别是仄（敢）、平（声），这就是"粘"。反之，如果对应位置平仄不同，就称为"失粘"。

常见疑问

1. 为什么有经验的写手常说判断"粘"或者"失粘"关键看诗句的第二个字？

这种说法是有道理的。无论是五言还是七言格律诗，诗句的第一个字都是可平可仄的，显然靠不住。第四或第六字，有时也会出现拗救的变化。只有第二个字最为可靠，除非是拗句，一般第二个字的平仄是不可随意改变的。因此，看第二个字最为保险。

精选练习

请诵读《笠翁对韵》"一东"，分析其平仄、对仗和押韵情况，并与大家分享你的理解。

第三讲　侯氏格律训练法

为了提高初学者学习格律的效率，我结合多年的教学经验，总结了三种管用的训练方法。这些方法在高校的诗词课堂、广东省研究生诗词暑期学校和中小学语文教师培训班上曾经多次实践，效果很好，被学生和学员们戏称为"侯氏格律训练法"。为了解决初学者常见的实际问题，现将格律训练的"侯氏三法"简介如下：

一、腾挪法

律诗一般为五字或七字成句，四个基本律句的变化就是这几个字根据平仄规则的组合。打个比方，这相当于五个人在一个有限空间里比武，高手就要善用闪躲腾挪之法，才能应对自如。为了加强初学者对这四个律句的理解，笔者在教学中总结了一个"五字成诗"的训练方法。你可以跟着玩一下。

请用"谁、不、爱、诗词"这四个词（五个字分成四个词语，"诗词"二字作为一个整体），任意排列组合，组成四个语意通顺的句子。你能想到哪些句子呢？

经过一番思考，大家一般会想到如下四句："谁不爱诗词""谁爱诗词不""诗词不爱谁""诗词谁不爱"。

将它们稍作比较,进行平仄分析,你会发现什么规律呢?

谁爱诗词不　　A. 仄仄平平仄
诗词不爱谁　　B. 平平仄仄平
诗词谁不爱　　C. 平平平仄仄
谁不爱诗词　　D. 仄仄仄平平

不难看出,这五个字组成的四句话,刚好符合四个基本句。这四句话依次排列下来,恰好也完全符合一种五言绝句的格式——仄起首句不入韵的五绝。偶数句的尾字"谁"和"词"恰好在平水韵中都属于"四支"韵。因此,平仄与押韵都符合。这种方法,可以帮助初学者迅速掌握四个基本律句。

这个案例是笔者在教学中独创出来的,具有趣味性和可操作性,可以迅速推进初学者对格律规则的理解。

二、还原法

所谓还原法,就是通过分析前人经典格律诗的平仄和用韵,并与四个基本句和格律诗的十六式予以对应,还原出诗的平仄和押韵方式。这相当于学医过程中解剖标本的方法。解剖还原了二三十首作品之后,一般会加深对格律的认识。

当然,在训练过程中选择合适的诗作也是非常关键的。有些流传比较广的诗本身格律就不太严谨,如李白的《静夜思》、孟浩然的《春晓》,这就不太合适用作分析还原格律的标本。根据本人的经验，在唐代大诗人中可以多选择杜甫、王维的绝句和律诗来进行训练，因为他们诗作的格律相对更严谨。

在教学中，我还发现有个关键的细节问题，如果不解决好，必将影响格律学习的效果。有些学生甚至教师在给前人诗句划出平仄时，习惯将每个字的平仄按实际声调划出平仄，而没有将其还原成基本律句的意识。这样就导致平仄划得越多，对律句的平仄理解越糊涂。

譬如，王维的诗句"明月松间照"，有些老师和学生习惯分析为如下形式：

明月松间照 —— 平仄平平仄

或者，把第一个"平"加圈，表示可平可仄：

明月松间照 —— ㊉仄平平仄

这样看起来没错，但是，随着这首诗八句都分析完了，你会发现学生彻底懵了。为什么？因为诗句中有很多"一三五"可平可仄的地方，而他们没有将每句对应还原成基本律句，导致他们以为四个基本律句之外，出现了十几种甚至几十种不同的句子。这样肯定犯晕！怎么解决呢？那就是把每一句的平仄分析之后，还原成与四个律句对应的平仄。也就是说：

明月松间照 —— 仄仄平平仄"或"㊉仄平平仄"

这样就找回了该句所对应的 A 句式的原来样子。对所有诗句都照此还原，注意与四个基本律句对应，始终将其"打回原形"，这样可以少走弯路，提高学习效率。

三、倒推法

所谓倒推法，就是在分析前人的格律诗的时候，如果从前至后来分析平仄，有时候拿不准，尤其是第一个字常常可平可仄，容易导致初学者犯糊涂。这时候如果从每句的最后一个字往前去推算平仄，可能会感觉更加顺畅。如：

塞下曲

[唐]卢纶

林暗草惊风，将军夜引弓。
平明寻白羽，没在石棱中。

这是一首格律严谨的五绝。诗中的"白""石"二字是入声字。来分析第一句的平仄，"林暗草惊风"，初学者可能会因为第一个字"林"是平声，在对照时拿不准属于究竟哪一个基本句，可能会在 C、D 两句中分不清。当然如果有经验的人，会迅速从第二字入手把握平仄。初学者如果一时拿不准，可以从最后一个字入手，从后往前反向推算，这样就可以迅速将诗句与四个基本律句中的一句予以对应。此句的最后一字是"风"，是平声收尾，结合前面字的平仄，可以迅速排除 C 句式，对应上 D 句式。此诗的其余三句也可照此方法与基本律句对应。

格律训练除了"侯氏三法"之外，前人还总结了另外一些有效的方法。譬如，可以利用经典律诗中间两副对联重新作对。例如，王维的"明月松间照，清泉石上流"这副对联，你可以保留上句，重新对下句。反之亦可。熊东遨先生将这种方法类比如书法学习的临帖，的确很形象。长期坚持这种训练，既可以熟悉平仄规则，也可提高作对子的功夫。

精选练习

1. 请你挑选五个字或七个字，看能组合成几个律句？越多越好。要求语意比较通畅。

2. 请挑选十首古代著名的格律诗，分析其中的平仄、粘连和押韵情况，从中体悟格律规则。

第四讲　诗式

前面讲了平仄、押韵、对仗、粘连，这就为我们学习格律诗的格式奠定了基础。格律诗的诗式总计有十六式。听起来很多，其实不难。归根到底，都是从四个基本句式演化而来的。这就是好像是阴阳二爻叠加推演，最终演变成八卦、六十四卦的道理。所以，尽管说诗词创作讲究形象思维，其实，格律的排列组合也是某种数学思维。四个基本句是如何组合出不同的诗式的呢？归纳起来，其依据的规则主要有以下几项：

1. 上下两句平仄相对。
2. 两联之间平仄相粘。
3. 偶句押韵；首句可押可不押；一般押平声韵。

根据以上规则，四个基本句就可演化出十六式。下面依次列举五绝四式、七绝四式、五律四式、七律四式，并配以例诗。

一、五绝四式

五绝仄起（首句不入韵）

{ 仄仄平平仄
　平平仄仄平（韵）

白日依山尽，
黄河入海流。

$\begin{cases}平平平仄仄\\仄仄仄平平（韵）\end{cases}$　　　　欲穷千里目，
　　　　　　　　　　　　　更上一层楼。

　　　　　　　　　　　　　（［唐］王之涣《登鹳雀楼》）

五绝仄起（首句入韵）

$\begin{cases}仄仄仄平平（韵）\\平平仄仄平（韵）\end{cases}$　　　　北斗七星高，
　　　　　　　　　　　　　哥舒夜带刀。
$\begin{cases}平平平仄仄\\仄仄仄平平（韵）\end{cases}$　　　　至今窥牧马，
　　　　　　　　　　　　　不敢过临洮。

　　　　　　　　　　　　　（［唐］西鄙人《哥舒歌》）

五绝平起（首句不入韵）

$\begin{cases}平平平仄仄\\仄仄仄平平（韵）\end{cases}$　　　　鸣筝金粟柱，
　　　　　　　　　　　　　素手玉房前。
$\begin{cases}仄仄平平仄\\平平仄仄平（韵）\end{cases}$　　　　欲得周郎顾，
　　　　　　　　　　　　　时时误拂弦。

　　　　　　　　　　　　　（［唐］李端《听筝》）

五绝平起（首句入韵）

$\begin{cases}平平仄仄平（韵）\\仄仄仄平平（韵）\end{cases}$　　　　花明绮陌春，
　　　　　　　　　　　　　柳拂御沟新。
$\begin{cases}仄仄平平仄\\平平仄仄平（韵）\end{cases}$　　　　为报辽阳客，
　　　　　　　　　　　　　流芳不待人。

　　　　　　　　　　　　　（［唐］王涯《闺人赠远》）

二、七绝四式

七绝仄起(首句不入韵)

仄仄平平平仄仄	独在异乡为异客,
平平仄仄仄平平(韵)	每逢佳节倍思亲。
平平仄仄平平仄	遥知兄弟登高处,
仄仄平平仄仄平(韵)	遍插茱萸少一人。

([唐]王维《九月九日忆山东兄弟》)

七绝仄起(首句入韵)

仄仄平平仄仄平(韵)	君问归期未有期,
平平仄仄仄平平(韵)	巴山夜雨涨秋池。
平平仄仄平平仄	何当共剪西窗烛,
仄仄平平仄仄平(韵)	却话巴山夜雨时。

([唐]李商隐《夜雨寄北》)

七绝平起(首句不入韵)

平平仄仄平平仄	伤心欲问前朝事,
仄仄平平仄仄平(韵)	惟见江流去不回。
仄仄平平平仄仄	日暮东风春草绿,
平平仄仄仄平平(韵)	鹧鸪飞上越王台。

([唐]窦巩《南游感兴》)

七绝平起（首句入韵）

平平仄仄仄平平（韵）	朝辞白帝彩云间，
仄仄平平仄仄平（韵）	千里江陵一日还。
仄仄平平平仄仄	两岸猿声啼不住，
平平仄仄仄平平（韵）	轻舟已过万重山。

（[唐]李白《早发白帝城》）

三、五律四式

五律仄起（首句不入韵）

仄仄平平仄	国破山河在，
平平仄仄平（韵）	城春草木深。
平平平仄仄	感时花溅泪，
仄仄仄平平（韵）	恨别鸟惊心。
仄仄平平仄	烽火连三月，
平平仄仄平（韵）	家书抵万金。
平平平仄仄	白头搔更短，
仄仄仄平平（韵）	浑欲不胜簪。

（[唐]杜甫《春望》）

五律仄起（首句入韵）

仄仄仄平平（韵）	太乙近天都，
平平仄仄平（韵）	连山接海隅。
平平平仄仄	白云回望合，
仄仄仄平平（韵）	青霭入看无。

第一编 诗律

仄仄平平仄	分野中峰变，
平平仄仄平（韵）	阴晴众壑殊。
平平平仄仄	欲投人处宿，
仄仄仄平平（韵）	隔水问樵夫。

（[唐]王维《终南山》）

五律平起（首句不入韵）

平平平仄仄	空山新雨后，
仄仄仄平平（韵）	天气晚来秋。
仄仄平平仄	明月松间照，
平平仄仄平（韵）	清泉石上流。
平平平仄仄	竹喧归浣女，
仄仄仄平平（韵）	莲动下渔舟。
仄仄平平仄	随意春芳歇，
平平仄仄平（韵）	王孙自可留。

（[唐]王维《山居秋暝》）

五律平起（首句入韵）

平平仄仄平（韵）	凄凉宝剑篇，
仄仄仄平平（韵）	羁泊欲穷年。
仄仄平平仄	黄叶仍风雨，
平平仄仄平（韵）	青楼自管弦。
平平平仄仄	新知遭薄俗，
仄仄仄平平（韵）	旧好隔良缘。

$\begin{cases} 仄仄平平仄 \\ 平平仄仄平（韵）\end{cases}$ 心断新丰酒，
消愁斗几千。

（[唐]李商隐《风雨》）

四、七律四式

七律仄起（首句不入韵）

$\begin{cases} 仄仄平平平仄仄 \\ 平平仄仄仄平平（韵）\end{cases}$ 剑外忽传收蓟北，
初闻涕泪满衣裳。

$\begin{cases} 平平仄仄平平仄 \\ 仄仄平平仄仄平（韵）\end{cases}$ 却看妻子愁何在，
漫卷诗书喜欲狂。

$\begin{cases} 仄仄平平平仄仄 \\ 平平仄仄仄平平（韵）\end{cases}$ 白日放歌须纵酒，
青春作伴好还乡。

$\begin{cases} 平平仄仄平平仄 \\ 仄仄平平仄仄平（韵）\end{cases}$ 即从巴峡穿巫峡，
便下襄阳向洛阳。

（[唐]杜甫《闻官军收河南河北》）

七律仄起（首句入韵）

$\begin{cases} 仄仄平平仄仄平（韵）\\ 平平仄仄仄平平（韵）\end{cases}$ 早岁那知世事艰，
中原北望气如山。

$\begin{cases} 平平仄仄平平仄 \\ 仄仄平平仄仄平（韵）\end{cases}$ 楼船夜雪瓜洲渡，
铁马秋风大散关。

$\begin{cases} 仄仄平平平仄仄 \\ 平平仄仄仄平平（韵）\end{cases}$ 塞上长城空自许，
镜中衰鬓已先斑。

$$\begin{cases} 平平仄仄平平仄 \\ 仄仄平平仄仄平（韵） \end{cases}$$ 出师一表真名世，
千载谁堪伯仲间。

（[宋]陆游《书愤》）

七律平起（首句不入韵）

$$\begin{cases} 平平仄仄平平仄 \\ 仄仄平平仄仄平（韵） \end{cases}$$ 舍南舍北皆春水，
但见群鸥日日来。

$$\begin{cases} 仄仄平平平仄仄 \\ 平平仄仄仄平平（韵） \end{cases}$$ 花径不曾缘客扫，
蓬门今始为君开。

$$\begin{cases} 平平仄仄平平仄 \\ 仄仄平平仄仄平（韵） \end{cases}$$ 盘飧市远无兼味，
樽酒家贫只旧醅。

$$\begin{cases} 仄仄平平平仄仄 \\ 平平仄仄仄平平（韵） \end{cases}$$ 肯与邻翁相对饮，
隔篱呼取尽余杯。

（[唐]杜甫《客至》）

七律平起（首句入韵）

$$\begin{cases} 平平仄仄仄平平（韵） \\ 仄仄平平仄仄平（韵） \end{cases}$$ 一封朝奏九重天，
夕贬潮州路八千。

$$\begin{cases} 仄仄平平平仄仄 \\ 平平仄仄仄平平（韵） \end{cases}$$ 欲为圣明除弊事，
肯将衰朽惜残年。

$$\begin{cases} 平平仄仄平平仄 \\ 仄仄平平仄仄平（韵） \end{cases}$$ 云横秦岭家何在，
雪拥蓝关马不前。

$$\begin{cases} 仄仄平平平仄仄 \\ 平平仄仄仄平平（韵） \end{cases}$$ 知汝远来应有意，
好收吾骨瘴江边。

（[唐]韩愈《左迁至蓝关示侄孙湘》）

侯氏训练法

看了以上十六式，如果你还有点糊涂，那也不要担心。其实这些不用死记硬背。悟出了规律，自然就会推演了。

在上一讲中，我们曾用"谁、不、爱、诗词"五个字来训练四个基本的律句，加以排列就是五绝的一种诗式。

谁爱诗词不　　　　　　　A. 仄仄平平仄
诗词不爱谁（韵）　　　　B. 平平仄仄平
诗词谁不爱　　　　　　　C. 平平平仄仄
谁不爱诗词（韵）　　　　D. 仄仄仄平平

这里可以进一步对照上述三条规则予以分析，发现完全符合。前面说过"谁"和"词"押的是平水韵中的"四支"韵。A+B 为一联，C+D 为一联。这两联还可互换位置，又可形成五绝的另一种诗式。

{ 诗词谁不爱　　　　　　C. 平平平仄仄
　谁不爱诗词（韵）　　　D. 仄仄仄平平
{ 谁爱诗词不　　　　　　A. 仄仄平平仄
　诗词不爱谁（韵）　　　B. 平平仄仄平

八句的律诗就是根据粘对的原则，在绝句的基础上扩展四句。排律也是以此类推；七绝、七律也是同理类推。

由此可以悟出，各种诗式的变化，其实就是四个基本律句根据平仄、押韵、粘对的规则进行排列组合的"文字游戏"。当然，真正的好诗应是一种有意味的游戏。

精选练习

1. 请从古代格律诗中为"十六式"分别遴选五首匹配的诗作，并分析其中的平仄、粘连和押韵情况。

2. 请自拟题目，尝试写一首五绝。要求符合五绝四式中的某一种。新韵、旧韵均可，但不要混押。

3. 想一想，在五绝、七绝之中为什么只要是首句入韵的诗式，首句与尾句的句式必然会重复？

第五讲　避忌

格律诗还有一些约定俗成的避忌。在平仄方面，主要避忌孤平、三平调、三仄尾。在用韵方面，主要避忌撞韵、挤韵。

一、孤平

孤平作为律诗写作的一种声犯，最早是由清代乾隆年间李汝湘提出来的。他通过分析前人的律诗，发现极少有"仄平仄仄平"的句式。他的《广声调谱》将此种句式称为"孤平句"。王力《诗词格律》将此列为律诗创作的大忌，由于此书发行量很大，导致如今这已成为很多人的一种共识。

何谓犯孤平？有的人说得很复杂。其实，并不复杂。就是在四个基本律句的一句"平平仄仄平"（也就是 B 句式）中，第一个平声不能改为仄声，否则就是犯孤平。同理，七言律句"仄仄平平仄仄平"的第三字不能改为仄声，否则也是犯孤平。

 拓展阅读

简单而言，王力的"孤平"概念，只出现"平平仄仄平"

（七言为"仄仄平平仄仄平"）一种句式之中，与其他句式无关。

启功的"孤平"概念则比王力的宽泛很多，他认为凡是律句中出现了"仄平仄"，也就是"两仄夹一平"的情形即为"孤平"。如果这样定义，那么"孤平"的范围就大了很多。

此外，有些研究者也在否定"孤平"的说法，认为前人作诗根本没有此种避忌。

笔者认为，至少到目前为止，尚无证据彻底否定"孤平"避忌的存在，建议初学者暂且依从王力之说。只有自己弄清楚了不同的观点，才能从容应对写作，也才能明辨一些人对于"孤平"似是而非的理解。

二、三仄尾、三平尾

律句一般尽量避免末尾的三字连平或连仄，否则为三平尾、三仄尾。由于律句的最后一个字的平仄不能机动，而"一三五不论、二四六分明"，这就导致出现三仄尾、三平尾的句式分别只能是C、D两个句式。

C句式"平平平仄仄"，如果第三字改为仄，就成了"平平仄仄仄"，这就出现了三仄尾。

D句式"仄仄仄平平"如果第三字改为平，就成了"仄仄平平平"，这就出现了三平尾。

实际上，唐宋人的律诗三平尾相对很少，但是，三仄尾的现象则较为常见。

独坐敬亭山

［唐］李白

众鸟高飞尽，孤云独去闲。
相看两不厌，只有敬亭山。

此诗第三句"看"读平声，"不"入声字，句子为"平平仄仄仄"，这就是三仄尾。

拓展阅读

"一三五不论，二四六分明"这句话流传很广，对于初学者迅速掌握格律常识是管用的。但是，随着学习的深入，对这句话要辨证看待，看到它的片面性。

结合以上避忌的学习，可以发现"一三五不论"（五言是"一三不论"），是有问题的。

A. ⑪仄平平仄
B. 平平⑪仄平
C. ⑪平平仄仄
D. ⑪仄仄平平

事实上，四个基本律句中并不是所有的"一三五"都能平仄随意的。A 句的第三字"平"一般不能改为"仄"，否则为"小拗"（详参下文）。B 句的第一字"平"不能改为"仄"，否则犯孤平。C 句的第三字"平"不能改为"仄"，否则三仄尾。D 句的第三字"仄"不能改为"平"，否则三平尾。

反过来讲，以上四个律句中"一三五不论"的地方只有带圈的四处可平可仄，而其他地方不能随便转换平仄。否则就犯忌，或者需要拗救。

三、撞韵

撞韵是指在押平声韵的律诗中，本该不押韵的白脚（一般为奇数句的尾字）虽然用了仄声字，但与韵脚属同一个韵部，导致平仄韵通押。一般认为，"撞韵"不是大的原则问题，尽量避免，实在避不开，也无大碍。如：

早春呈水部张十八员外

[唐] 韩愈

天街小雨润如酥，草色遥看近却无。
　　　　　△　　　　　　　　△
最是一年春好处，绝胜烟柳满皇都。
　　　　　▲　　　　　　　　△

这首诗的韵脚"酥、无、都"都是 u 韵，白脚"处"也是 u 韵，撞了韵。上文所例举的李白《独坐敬亭山》第三句"厌"，也与韵脚"闲""山"撞韵。可见这种情况在唐诗中并不少见。

四、挤韵

在诗中不适当的地方用了与韵脚同韵母的字，不管其平仄如何，干扰了韵美效果，称为挤韵。这些与韵脚同韵母的字也称为暗韵。如：

凉州词

[唐] 王之涣

黄河远上白云间，一片孤城万仞山。
羌笛何须怨杨柳，春风不度玉门关。

这首诗前三句有"远""片""万""怨"与韵脚韵母 an 都相同，故挤韵。挤韵，并非大忌，避挤韵只是为使用韵更加和谐。笔者主张初学者对此不必介意。

常见疑问

1. 以上这些避忌，我们在学习诗词写作的过程中应该如何对待？

从避忌的程度来看，"孤平"为大忌，科举考试中犯孤平会被判为不合格；"三平调"也比较忌讳，"三仄尾"次之，撞韵、挤韵更次之，不必太在意。

笔者主张对于初学者这些避忌皆可从宽，等熟练到一定程度再适当注意避免即可。否则，还未入门就被这"避"那"忌"给吓晕了，可能就没兴趣学了。

精选练习

有一些格律诗押韵没问题，也做到了"二四六分明"，为何在网上（如"诗词吾爱网"）进行格律验证的时候通不过呢？能否从前人诗作或者你自己的习作中找出这样的例子？请仔细分析其原因，并与同好分享。

第六讲　拗救[1]

拗救是格律诗平仄规则的变通形式，也是前人在创作实践中约定俗成的变通之法。拗救是诗词格律学习中的一个难点，目前市面上一些关于诗词写作的书籍和文章对于拗救的解析众说纷纭，云山雾罩，难免让人满头雾水，无所适从。有鉴于此，很有必要对格律诗的拗救问题进行系统地清理、辩误，以达到正本清源的目的。笔者根据多年的创作和教学经验，删繁就简，将拗救概括为三种形式，简称"拗救三式"。

一、拗救第一种

C句式　平平平仄仄——→平平仄平仄（七言：仄仄平平平仄仄——→仄仄平平仄平仄）

这种拗救关涉C句式，五言的第三字当平而仄，第四字当仄改平。例如：

---

[1] 接下来两讲的内容分别是"拗救"和"仄韵律诗"，难度相对较大。笔者主张初学者先要吃透格律的基本规则，可以暂且跳过这两部分，等到基本规则运用比较娴熟之后再来学习。当然，已有一定格律功底的读者可以直接学习这两讲的内容。

1. 遥怜小儿女。（唐·杜甫《月夜》）
2. 南山与秋色。（唐·杜牧《长安秋望》）
3. 生当作人杰。（宋·李清照《夏日绝句》）
4. 欲把西湖比西子。（宋·苏轼《饮湖上初晴后雨》）

由于这种句式变化在唐宋诗作中比较常见，王力在《诗词格律》中将其视为一种特定的平仄格式。笔者认为，将其作为拗救的一种更好，可以让初学者明白它实际上就是从C句式变化而来。如果单列为一种特殊句式，读者会以为在四个基本句式之外又多出了第五种句式，反倒会增加认识上的麻烦，进而为学习增加困扰。

二、拗救第二种

B句式　平平仄仄平→仄平平仄平（七言：仄仄平平仄仄平→仄仄仄平仄仄平）

在B句式中，首字当平而仄，就导致该句除了韵字之外只有一个平声了，这就是王力所讲的犯孤平。孤平可以通过将第三字（七言的第五字）用平声（原本可平可仄）来救，这就是本句自救。例如：

5. 夜春云母声。（唐·白居易《山下宿》）
6. 一吟双泪流。（唐·贾岛《题诗后》）
7. 客行悲故乡。（唐·温庭筠《商山早行》）
8. 九十九峰多白云。（清·王士祯《广元舟中闻棹歌》）

第一编　诗律

三、拗救第三种

A 句式　仄仄平平仄 +B 句式　平平仄仄平 —→ A 句式　仄仄仄仄仄 +B 句式　平平平仄平（七言：A 句式　平平仄仄平平仄 +B 句式　仄仄平仄仄平 —→ A 句式　平平仄仄仄仄仄 +B 句式　仄仄平平平仄平）

此种为对句相救，牵涉 A、B 两种句式的配合。作为出句的 A 句式中的两个平声字中的任何一个或两个同时用了仄声，可以通过将对句 B 句式中的第三字（七言第五字）用平声字来救。

9. 鸿雁几时到，江湖秋水多。（唐·杜甫《天末怀李白》）
10. 古调虽自爱，今人多不弹。（唐·刘长卿《听弹琴》）
11. 向晚意不适，驱车登古原。（唐·李商隐《乐游原》）
12. 山城过雨百花尽，榕叶满庭莺乱啼。（唐·柳宗元《柳州二月榕叶落尽偶题》）

四、一字两救、一字三救

其实就是拗救第二种与第三种的复合体。

例 12 中七言的出句第五字（"百"）当平而仄，对句第五字用平（"莺"）相救，这实为第三种拗救。与此同时，单看对句第三字宜平而仄（"满"），为了救孤平，于是本句的第五字宜仄而平（"莺"）来救，这实为拗救第二种。综合来看，第五字用平（"莺"）既救了对句的"百"，又救了本句的"满"。这就是一字两救。再来看两例：

13.人事有代谢,往来成古今。(孟浩然《与诸子登岘山》)
14.一生报国有万死,双鬓向人无再青。(陆游《夜泊水村》)

例13,出句"有""代"二字当平均仄,大拗,对句的"成"用平救之;对句"往"宜平而仄,"成"用平,救孤平。这样,"成"救了三字。

例14,出句的"有""万"二字当平均仄,大拗,对句的"无"用平救之;对句"向"宜平而仄,"无"用平,救孤平。这样,"无"救了三字。

以上两例是一字三救的经典案例。初学者如能记住,对于理解格律的变通将大有裨益。

五、拗而无救

值得说明的是,不是任何出律的拗句都可以救,而是指一些特定的"拗"和特定的"救"。有些拗句,是"无可救药"的。譬如:

山中与幽人对酌

[唐]李白

两人对酌山花开,一杯一杯复一杯。
我醉欲眠卿且去,明朝有意抱琴来。

第二句的第二字"杯"应仄而平,形成拗句,此处无法救。这首诗首句三平调,可忽略不计。通看全诗,只有第二句拗。

拓展阅读

王力在《诗词格律》中将第三种拗救（对句相救）又再细分为三个小类，导致问题复杂化，给初学者增加了不小难度。其实，这三个小类都可归结为一种。例9中的出句第三字（"几"）当平而仄，对句第三字用平（"秋"）相救。王力称此种情形为半拗，可救可不救。例10中的出句第四字（"自"）当平而仄，对句第三字用平（"多"）相救。王力称此种情形为大拗，必救。例11出句第三、四两个字（"意""不"）当平而仄，均用对句第三字用平（"登"）相救。

删繁就简，拗救实则就是本书所讲的三种形式。王力所说的半拗、大拗实则都是本书所说的第三种。一字两救，甚至一字三救，其实只是属于第二、三种的组合。这样来理解，就相对简明而清晰了。

结合笔者的教学和创作实践，还有三个关键点值得强调：

一是，拗救只与格律诗四种基本句式的A、B、C三种有关，而与D句式无关。

二是，拗救只与五言或七言的后五字相关。换言之，拗救不牵涉七言的头两字。这也是本文举例多为五言的原因之一，因为七言的拗救与五言相通。有些人在七言句式的头两个字中去找拗救、谈拗救，其实是理解不透彻，也是徒劳的。

三是，拗救均与第二字（无论七言或五言）无关。第二字拗,即为拗句,不可救。这是因为偶数字位是节奏点,而第二字又是各种句式组合的最为关键的枢纽,它是粘对的基点,因此这个位置不存在拗救之法。

常见疑问

我们在律诗写作中能够用拗救或者拗而不救吗?

笔者建议初学阶段少用拗救,提高阶段可以尝试运用拗救,借以加强对拗救的理解,做到拗而会救。写作过程中能不能用出律的拗句而且不救呢?笔者主张不要轻易这样做,除非是会出好句、出名句或者非常特别的考虑。上述李白的诗句"一杯一杯复一杯"是为了达到回环反复的修辞目的才这样做的。常人不可轻易如此,否则不利于熟练掌握格律。

精选练习

1. 请阅读苏轼《新城道中》,体会意境和声律,分析平仄,找出其中的拗救,并予以说明。提示:在分析拗救之前,先要辨识其中的入声字。

> 东风知我欲山行,吹断檐间积雨声。
> 岭上晴云披絮帽,树头初日挂铜钲。
> 野桃含笑竹篱短,溪柳自摇沙水清。
> 西崦人家应最乐,煮芹烧笋饷春耕。

2. 根据下列诗题,阅读诗作的全篇,找出其中的拗救,

第一编 诗律

并结合本讲内容进行分类。

杜甫《月夜》、杜甫《捣衣》、刘长卿《听弹琴》、李白《赠孟浩然》、张祜《赠内人》、许浑《咸阳城东楼》、白居易《山下宿》、贾岛《题诗后》、方岳《梦寻梅》、曾公亮《宿甘露僧舍》、王世祯《广元舟中闻棹歌》。

3. 清代袁枚的一首小诗《苔》:"白日不到处,青春恰自来。苔花如米小,也学牡丹开。"近两年央视《经典永流传》栏目让这首诗以歌曲传唱的方式为世人熟悉。请找出这首诗中的拗句,如果让你来"救",你将怎么办?

4. 为本讲所列的几种拗救形式分别再找出5~10个案例。

5. 请尝试在自己的格律诗习作中运用本讲所谈到的拗救方法。

第七讲　仄韵格律诗

　　常见的格律诗词教材一般只讲押平声韵的格律诗，甚至还讲，格律诗只能押平声韵。其实，这是有问题的。如果不加以辨明，可能容易导致学诗者误解。格律诗是不是只能押平声韵呢？当然不是。格律诗也可以押仄声韵。据笔者大略统计，在《全唐诗》中仄韵诗占到近三分之一，比例不算小。当然，若是初学者，可以先易后难，暂时可以不学仄韵诗的写作。但是，对于仄韵格律诗的规则还是应该有一些大致的了解，否则，不仅会影响到仄韵格律诗的写作，还会影响到对一些诗词名篇的阅读和鉴赏。

　　其实，现行的部编本中小学语文课本中就选了一些仄韵格律诗，语文教师倘若不了解相应的格律规则，则会对一些诗词名篇的教学造成不利影响。小学语文课本选录的古诗词中就有好几首诗都是仄韵格律诗，如孟浩然的《春晓》就是一首仄韵五绝，只是这首诗的第三句失粘了；李绅的《悯农》二首也是仄韵五绝；杜甫《望岳》则是一首仄韵五律。下面，试以小学语文课本中的另一首五绝柳宗元的《江雪》为例：

江 雪

[唐] 柳宗元

千山鸟飞绝，万径人踪灭。
孤舟蓑笠翁，独钓寒江雪。

这是一首典型的仄韵诗，平起首句入韵，押入声韵，"绝""灭""雪"属入声"九屑"部。笔者所在的高校有相当一部分生源来自广东，在讲诗词格律课时，让学生用粤语朗读，入声特别明显，尤其是普通话中读阳平的"绝"字，粤语发音很短促，具有明显的入声特点。

陌上桑

[唐] 陆龟蒙

皓齿还如贝色含，长眉亦似烟华贴。
邻娃尽著绣裆襦，独自提筐采蚕叶。

这是一首仄韵七绝，仄起首句不入韵，"贴""叶"属入声"十六叶"部。

结合以上这两首诗，我们来讲一下仄韵格律诗的规则。其实，仄韵格律诗的格律与平韵格律诗是相通的。尽管也有各种体式的变化，但是都离不开四个基本律句。这四个基本律句前文已经讲过，此处不赘。

在押韵方面，仄韵格律诗也是讲究偶数句押韵，奇数句不押韵（首句可入韵也可不入韵）。在平仄方面，也是讲究一句之中平仄相间，两句之间平仄相对；上下两联则讲究相粘；如果是八句以上的律诗，中间各联要求对仗。

四个基本律句根据粘对、押韵的规则最终也可以推导出十六式，这与平韵的格律诗相通。总之，仄韵格律诗规则与平韵格律诗大体相同。

值得注意的有三点不同：

第一，仄韵格律诗的奇数句的尾字不一定非得用平声字，而是可平可仄。而平韵格律诗的此处必须用仄声，第一句入韵者除外。

第二，仄韵格律诗第一句尾字如果用仄声时，可入韵也可不入韵。这一点与平韵格律诗有重大区别。平韵格律诗的第一句尾字如果用平声则必须入韵。

第三，仄韵格律诗不忌三仄尾。这在一定程度体现了对仄韵格律诗格律要求的放宽。

为进一步说明这些不同，再举一例：

淇上送赵仙舟

［唐］王维

相逢方一笑，相送还成泣。
祖帐已伤离，荒城复愁入。
天寒远山净，日暮长河急。
解缆君已遥，望君犹伫立。

这是一首仄韵五律，韵部属"十四缉"，平起首句不入韵。四个奇数句的尾字"笑""离""净""遥"，有平有仄。

首句尾字用的仄声"笑",却不入韵。前面所例举的陆龟蒙《陌上桑》,首句不入韵,首句尾字用的是平声"含"。

再来看一下较长的仄韵诗。苏轼《黄州寒食》二首即属此类。书法史上,《黄州寒食帖》甚为著名,被称为"天下第三行书"。其实,这两首诗本身的艺术水平也相当高,属于仄韵五言诗。

黄州寒食二首
〔宋〕苏轼

自我来黄州,已过三寒食。
年年欲惜春,春去不容惜。
今年又苦雨,两月秋萧瑟。
卧闻海棠花,泥污胭脂雪。
暗中偷负去,夜半真有力。
何殊病少年,病起须已白。

春江欲入户,雨势来不已。
小屋如渔舟,蒙蒙水云里。
空庖煮寒菜,破灶烧湿苇。
那知是寒食,但见乌衔纸。
君门深九重,坟墓在万里。
也拟哭途穷,死灰吹不起。

这是苏轼的两首遣兴之作,是他被贬黄州第三年的寒食节所抒发的人生之叹。诗写得苍凉悲苦,表达了苏轼此时惆怅孤独的心情。

学诗者如果细看，就会发现：1. 两首均是押的仄韵，第一首还是入声韵；2. 两首中间四联有个别不对仗，因此不属于严格的排律；3. 奇数句的尾字可平可仄，如第一首的奇数句尾字中有"州""春""花""年"等平声字，也有"雨""去"等仄声字；可见，这个位置上的尾字是可平可仄的。

精选练习

仄韵格律诗的写作，其实也不太难。在掌握了平韵格律诗规则的基础上，再了解以上这些特点和变化，平时多结合具体诗例多体悟、多练笔，应该很快能够把握其规则和作法。

1. 在《红楼梦》第一回中曹雪芹用一首小诗表现对自己创作的评价。请问这首诗是不是仄韵五绝？请按照仄韵格律诗的平仄、押韵、对仗规则来分析一下。如果有出律的地方，请标示出来，并说明理由。

> 满纸荒唐言，一把辛酸泪。
> 都云作者痴，谁解其中味？

2. 请以"手机"为题，写一首仄韵五绝或七绝。要求符合仄韵格律诗的规则。

苏轼《寒食帖》,现藏于台北故宫博物院。墨迹素笺本,横:34.2厘米,纵:18.9厘米。

第二编 词律

唐宋以后，律诗格律走向完备，体现了诗歌的典雅精工和整齐匀称之美。然而，有些诗人开始尝试用参差多变的体式来表现复杂多样的情感。于是，从晚唐五代开始一种新的诗歌体式——词——开始登上历史舞台，延至宋代成为一种主流文体。文学史上唐诗宋词并称。有人说："词，乃诗之余也。"词，是从格律诗演化而来的。广义来讲，词也是诗的一种。它对诗律有继承，也有突破。本编我们集中讲解词律。

第一讲　词牌、词谱

一、词牌

词，原本是用来演唱的，具有音乐性。因此，词又有曲子词，还有长短句、诗余等别称。由于古代乐谱散佚，只留下词和词调。很多词调的名称就成了后来的词牌。历代流传下来的词牌有八百多种。

词，原本是按照乐谱来填写的，于是写词常称为填词。乐谱没有遗传下来，但是词的平仄、押韵、句式、篇章结构的规定却遗留下来了，并且定型，这就是词谱。一般而言，每个词牌都有对应的词谱。有的词牌的词谱，除了常格，还会有变体。

词牌的名字来源比较复杂，有的本是乐曲的名称，如《菩萨蛮》《西江月》《风入松》《蝶恋花》等；有的摘自某首词中的几个字，如《忆秦娥》摘自李白"箫声咽，秦娥梦断秦楼月"，《忆江南》摘自白居易"能不忆江南"；有的本来就是词的题目，如《踏歌词》咏的是舞蹈、《浪淘沙》咏的是浪淘沙、《抛球乐》咏的是抛绣球。

由于词的乐曲散佚，后人在填词的时候词牌一般只是词谱的代称，除了适当注意声情的选择之外，通常不用考虑词牌的本意，也就是说，以《浪淘沙》词牌写的词不需要与浪淘沙有关，以《贺新郎》词牌写的词也不需要是贺新郎的意思。因此，有些词人会在词牌后面附加题目，以说明词的内容。如苏轼《念奴娇·赤壁怀古》，"念奴娇"是词牌，"赤壁怀古"则是题目。毛泽东《沁园春·雪》也是如此。

但是，也要注意，个别时候词人也会用词牌的本意填词。这个时候词人往往会在词牌后面加上"本意"二字。譬如，《更漏子》这个词牌原本就是写夜晚的，如果用来写夜，那就是用本意了。举一首清词为例：

更漏子·本意
[清]王夫之

斜月横，疏星烱。不道秋宵真永。声缓缓，滴泠泠。双眸未易启。

霜叶坠，幽虫絮，薄酒何曾得醉。天下事，少年心。分明点点深。

二、词谱

每一词牌的格式，叫做词谱。依照词谱所规定的字数、平仄以及其他格式要求来写词，叫做"填词"。"填"，就是依谱填写的意思。古人常见的词谱形式一般是列出一首代表性的词作为样品，在词牌下面注明别称、字数，随文注明平仄、叶韵等规则。这样就方便写词的人按照格式来"填"词了。下面介绍比较常见的三种词谱。

《钦定词谱》，清康熙时，陈廷敬、王奕清等奉皇帝的命令编写，以万树《词律》为基础，纠正错漏，并予以增订，收录826个词牌，2306体。但《钦定词谱》也有错误之处，唐、宋、金、元人词中不少调体亦遭遗漏。虽然未包括现存全部词调，但在未有更完备的词谱之前，《钦定词谱》算是最善本。

《白香词谱》，由清朝嘉庆年间靖安人舒梦兰编选。该词谱选录了由唐朝到清朝的词作品共一百篇，凡一百调。这些调式都是较为通用的，小令、中调、长调均有。为便于初学者学习，每调还详细列注平仄、韵读，成为真正的词谱。《白香词谱》同时又是一本简明词选。所选的词都是比较著名的或者艺术性较高的，好些是历久传诵不衰的名作。它兼收并蓄，不主一家，既收婉约，也收豪放，是一本不可多得的好选本，也是一本较佳的词学入门读物。

《唐宋词格律》是今人龙榆生编纂的一本词谱，共收录157个词牌的词谱，每种词谱配以相应的唐宋词作为例子。全书按照押韵的方式分类编排。

常见疑问

1. 如何看懂前人的词谱？

当代人整理的词谱常用"—""｜"标注平仄，用"韵"标注韵脚。也有的用"平""仄"的文字直接标注平仄。前人词谱常用约定俗成的符号来标注平仄和押韵，以《白香词谱》为例，其中《长相思》词牌选取白居易的作品作为例词，标记符号如下：

第二编 词律

长相思

[唐] 白居易

汴水流，泗水流，流到瓜州古渡头，吴山点点愁。
●⊙△，●⊙△，⊙●○○⊙●△，⊙⊙●△。
思悠悠，恨悠悠，恨到归时方始休，月明人倚楼。
●⊙△，●⊙△，⊙●○○⊙●△，●○○●△。

其中，平为○，仄为●，可平可仄为⊙，平韵为△，仄韵为▲。明此，就可以看懂词谱了。

2. 词谱需要背记吗？

由于词谱众多，不可能全靠记忆，因此，填词时可以对照词谱来填。但是，为了方便创作，同时也为了加深对词牌、词谱的声情体悟，我们也可以背记一部分比较常用的词谱。那么，如何来背记呢？其实，不需要死记硬背。有经验的作者，可以背诵某些词牌的经典名篇。依据这些名篇的文字内容来还原词谱。譬如，你可以通过背诵岳飞的《满江红》、苏东坡的《念奴娇·赤壁怀古》、李清照的《如梦令》和《一剪梅》等，来记住以上几种常用词牌的词谱。

三、词体

1. 分段

从分段的情况来区分，词可以分为单调、双调、三叠、四叠、叠韵五种。

一段的叫单调，两段的叫作双调，三段、四段的叫作三叠、四叠。双调的词相对较多，上段叫作上片或上阕，下段叫作下片或下阕。

叠韵就是将原本双调的词，用原韵再叠加一倍称为四叠。

2. 小令、中调、长调

这是着眼于词的字数篇幅的一种分类。清人毛先舒说："五十八字以内为小令；五十九字至九十字为中调；九十一字以外为长调，此古人定例。"实际上，这种数字的区分并非绝对，只有相对的意义。

常见的小令，如：《三字令》《调笑令》《十六字令》《采莲令》《留春令》《如梦令》等。有的词牌中带有令字的，如《唐多令》《解佩令》，都在六十字以上，在一些词谱书中就被归入中调。

常见的中调，如《临江仙》《一剪梅》《蝶恋花》《钗头凤》《渔家傲》《青玉案》《江城子》等。

常见的长调如：《满江红》《水调歌头》《玉蝴蝶》《望海潮》《高阳台》《念奴娇》《水龙吟》《雨霖铃》《永遇乐》《沁园春》等。

长调最长的在二百字以上。例如《莺啼序》有二百四十字，应该是现存最长的长调。

拓展阅读

现存字数最少的小令当属《竹枝》与《十六字令》。《竹枝》单调只有十四字，七言两句两平韵。《十六字令》又称《苍梧谣》，十六字四句三平韵。例：

竹 枝
［唐］皇甫松

芙蓉并蒂一心连，
花侵槛子眼望穿。

十六字令
毛泽东

山，刺破青天锷未残。
天欲堕，赖以拄其间。

《三字令》并非词的字数只有三字，而是每句三字。双调四十八字，前后段各八句、四平韵。例：

三字令
［唐］欧阳炯

春欲尽，日迟迟，牡丹时。罗幌卷，翠帘垂。彩笺书，红粉泪，两心知。

人不在，燕空归，负佳期。香烬落，枕函欹。月分明，花澹薄，惹相思。

3.令、引、近、慢

在读词的时候，我们会经常见到许多词牌名的最后带有"令""引""近""慢"等缀字。如《探春令》《千秋岁引》《祝英台近》《木兰花慢》等。

这是什么意思呢？

与上述"小令、中调、长调"着眼于词的字数篇幅的区分不同，"令、引、近、慢"则是着眼于词的音乐节拍的区分。

唐宋杂曲有四种体制。令为令曲，即小令，每片四拍。"引"和"近"每片六拍，如有需要可增辅拍，辅拍通称为"艳拍"或"花拍"。慢即慢曲，每片八拍，也可用"艳拍"。"引""近""慢"的拍子，有缓有急；不论节拍缓急，一字一声，不加重叠，字数也无定规。此亦见称于词调体式，由于拍子多少不同，令词一般短小（少数令词已属长调），引、近接近中调，慢词较长。但它们之间的区别，并不在字数多少，而在于音乐上的节奏不同。

4. 摊破、减字、偷声

参阅夏承焘先生《读词常识》中的有关说法，摊破、减字、偷声，其实原本都是对词的原有音乐进行了局部修改。摊破是由于乐曲的节拍变动而增减字数，从而引起句法、协韵的变化。如《摊破浣溪沙》，即在原词谱的上下片末尾各增加一个三字句。又如《摊破丑奴儿》，即在原词谱上下片末尾各增入二、三、三字三个短句。减字、偷声与摊破同理，都是稍改原调的句法字数，另成新调。如《木兰花》本为八句七言，押仄韵；《偷声木兰花》则将三、七句改为四言，并且换韵，用两平韵、两仄韵。《减字木兰花》除同《偷声木兰花》外，又将第一、五句改为四言。

由于绝大多数词的曲谱已经找不到了，摊破、减字、偷声，今天我们看到的最直观的变化是对原有词谱句式、协韵和字数的改动。

5. 自度曲

通晓音律的词人在旧有曲调外，自行谱写新的曲调，叫做自度曲。宋代有不少词人，如柳永、周邦彦、姜夔等，都精通音乐，他们作了词，便自己能够作曲，故词集中常见有"自度曲"。姜夔《扬州慢》即在序言中说是"自度此曲"。

常见疑问

当代人学习填词，可否自度曲？

自度曲对写作者的要求非常高，既要工诗词，又要晓音乐。自己编词谱、曲谱须要符合一般词曲的规律、韵律。前人流传下来的词牌、词谱数以千计，资源甚为丰富，要找到适合表达自己心绪的款式终究不难。因此，笔者主张不是非常之人、不是非常之需不必用自度曲。

精选练习

1. 请阅读宋代吴文英的《莺啼序·春晚感怀》，体会其情感，分析其分段、句式、押韵等情况。

2. 从宋词中找出具体案例，比较《丑奴儿》与《摊破丑奴儿》《木兰花》与《减字木兰花》《偷声木兰花》在体式上变化。

第二讲　词的平仄

　　词乃诗之余。词律与诗律相通，懂得了诗律就为学习词律奠定了基础。由诗到词的蜕变过程，从部分词牌的体式即可发现轨迹。例如，《渔歌子》近乎七绝，《鹧鸪天》《浣溪沙》近乎七律，《生查子》近乎仄韵五律。这些体式上的相近性，实际上反映了从诗律到词律的过渡状态。当然，词律也有其特殊性，学词者应该仔细体悟。接下来三讲，我们将分别讲解词的平仄、对仗和押韵。

　　一般来讲，词的句子大多符合律句，也符合平仄交替的原则。五言、七言符合早前在讲诗律时所讲的四个基本律句。甚至"一三五不论，二四六分明"的说法，在词句之中也是基本适用的。当然，这两句话也有片面之处，以前谈到过，此处不赘。

　　由于很多词牌的句子参差不齐，字数差别大，从一字句到九字句都有，所以，词句的平仄变化也会相对复杂。

　　一般而言，除开领句字和一字豆，四言、六言的句子都会符合平仄交替原则，以两个字为一个节奏单位，"一三五"的位置平仄两可。试以《鹊桥仙》为例：

第二编　词律　61

鹊桥仙·七夕

[宋]秦观

纤云弄巧,飞星传恨,银汉迢迢暗度。金风玉露一相逢,
⊙○○●,⊙○○●,⊙●⊙○⊙▲。⊙○⊙○●●○,
便胜却、人间无数。
●⊙●、○○⊙▲。

柔情似水,佳期如梦,忍顾鹊桥归路。两情若是久长时,
⊙○○●,⊙○○●,⊙●⊙○⊙▲。⊙○⊙●●○○,
又岂在、朝朝暮暮。
●⊙●、○○⊙▲。

这是一首双调词,上下两阕体式相同。其中包含了三言、四言、六言、七言等几种句式。四言句"纤云弄巧,飞星传恨""柔情似水,佳期如梦"均符合"平平仄仄",平仄交替,"一三不论","二四分明"。六言句"银汉迢迢暗度""忍顾鹊桥归路"符合"仄仄平平仄仄","一三五不论","二四六分明"。七字句"金风玉露一相逢""两情若是久长时"符合七言律句"平平仄仄仄平平"。偶数字位是节奏点,不能从宽,奇数字位(尾字除外)不是节奏点,往往可平可仄。这些与诗律是比较相通的。

词中独立的三字句,一般不能全用平声或者全用仄声,以免造成声律单调而有损和谐之美。但是,有一些作为领句字的三字句,可以不受此限制。如,上述秦观《鹊桥仙》词中的"便胜却""又岂在"便是如此,可以三连仄,它们与

后面的四个字构成"上三下四"的七字句，前三个字便是领字句。关于词的领字和一字豆的问题，以后在讲词的句法时会具体涉及。

我们说词律与诗律相通，毕竟不是相同。那么，究竟有何不同呢？笔者认为，主要的不同在于句与句之间的粘与对不一定符合律诗的规则，而是更加灵活多变。除此之外，词的押韵也更加灵活多样。

第三讲　词的用韵

一、词韵与诗韵

　　词韵与诗韵有所区别,主要有四点:韵部不同;上去通押;入声独用;押韵方式多样。诗的韵部整理归纳较早,南宋刊行的《平水韵》后来成为科举考试写诗的遵照。词律比诗律宽泛,相对自由,因此词的韵部也更宽。清人戈载对宋词的用韵情况进行了归纳总结,最终形成了《词林正韵》,后人填词一般遵从此书。

　　相对于《平水韵》,《词林正韵》对韵部进行了较多合并,个别还予以了重组。《词林正韵》把平、上、去三声合并为十四部,入声合并为五部,共十九部。部目的数量对比《平水韵》的106部大为减少。譬如,第一部中的平声"一东二冬通用",仄声"上声一董二肿、去声一送二宋通用"。可见,这种整合韵部的方式扩大了每部的字数,让词的押韵更为宽松自由。

二、词的押韵方式

　　参照龙榆生《唐宋词格律》,词的押韵可分为五种方式。

1. 平韵格

忆江南

[南唐] 李煜

多少恨，昨夜梦魂中。还似旧时游上苑，车如流水马如龙。
○⊙●，⊙●●○△。⊙●⊙○○●●，⊙○⊙●●○△。
花月正春风。
⊙●●○△。

以上三个"△"，押平声韵。

2. 仄韵格

如梦令·春景

[宋] 秦观

莺嘴啄花红溜，燕尾剪波绿皱。指冷玉笙寒，吹彻小梅
⊙●⊙○○▲，⊙●⊙○○▲。○●●○○，⊙●⊙○
春透。依旧，依旧，人与绿杨俱瘦。
○▲。○▲，○▲，⊙●⊙○○▲。

以上六个"▲"，押仄声韵。

拓展阅读

仄韵格，一般上去通押，入声独用。例如，《满江红》正格押入声韵。柳永《满江红·暮雨初收》、岳飞《满江红·怒发冲冠》、萨都剌《满江红·金陵怀古》、秋瑾《满江红·小

住京华》都用入声韵。《霜天晓角》一般用入声韵。韩元吉《霜天晓角·题采石蛾眉亭》、张孝祥《霜天晓角·柳丝无力》、范成大《霜天晓角·梅》都押入声韵。

3. 平仄韵转换格

虞美人

[南唐] 李煜

春花秋月何时了，往事知多少。小楼昨夜又东风（换平韵），
⊙○⊙●○○▲，⊙●○○▲。⊙○⊙●●○△，
故国不堪回首月明中。
⊙●●○⊙●●○△。

雕栏玉砌应犹在（换仄韵），只是朱颜改。问君能有几多
⊙○⊙●○○▲，　　●●○○▲。⊙○⊙●●○
愁（换平韵）？恰似一江春水向东流。
△？　　⊙●●○⊙●●○△。

此词平仄韵交替转换，而且不同韵部。

4. 平仄韵通叶格

西江月·佳人

[宋] 司马光

宝髻松松挽就，铅华淡淡妆成。红烟翠雾罩轻盈，飞絮游
⊙●○○⊙●，⊙○⊙●○△。⊙○⊙●●○△，⊙●
丝无定（叶平韵）。
○⊙▲。

相见争如不见,有情还似无情(叶平韵)。笙歌散后酒微醒,
⊙●⊙⊙●,⊙⊙⊙●○△。　　⊙⊙⊙●●○△,
深院月明人静(叶仄韵)。
⊙●⊙⊙⊙▲。

平仄韵通押,叫通叶(xié)。此词平仄韵交替转换,而且属同一韵部。醒,此读平声。

5. 平仄韵错叶格

相见欢

[南唐] 李煜

无言独上西楼,月如钩,寂寞梧桐、深院锁清秋。
⊙⊙⊙●○△,●○△,⊙●⊙○、○●●○△。
剪不断(换仄韵),理还乱,是离愁(换前平韵)。别是一番、
　●⊙▲,　　⊙○▲,●○△。　　　⊙●⊙○、
滋味在心头。
○●●○△。

此词平仄韵间杂,而且不同韵部。

精选练习

1. 请参阅本书附录三,附录四,仔细比较《平水韵》与《词林正韵》的异同,并与同好分享你的看法。
2. 请给词的五种押韵方式分别找出更多相应的词牌和例词。
3. 请自选词牌,自拟题目,填两首小令,须合词谱。推荐词牌《如梦令》《相见欢》《浣溪纱》。

第四讲　词的对仗

对仗是诗词格律的要素之一。比较律诗而言，很多词牌的句式参差多变，字数不对等的两个句子之间，当然谈不上对仗的问题；但是，很多词牌也有对仗的要求。一般来讲，填词者凡是遇到相邻两句字数相同的情况，就要关注此处是否有对仗的要求。词律对诗律有很多突破，对仗方面也体现出较多的不同。总的来说，词的对仗比律诗的对仗更加宽松、更加多样。

一、对仗与否因词而异

（一）必须对仗

鹧鸪天

[宋] 辛弃疾

陌上柔桑初破芽，东邻蚕种已生些。平冈细草鸣黄犊，斜日寒林点暮鸦。

山远近，路横斜，青旗沽酒有人家。城中桃李愁风雨，春在溪头荠菜花。

这首词的第三、四两句必须对仗，中间的两个三字句必须对仗，这两处对仗的位置是固定的。

（二）是否对仗相对自由

有时候，相邻两句字数相同，可对仗也可不对仗。例如，《西江月》的上片、下片开头均为两个六字句，不同的词人有不同的安排。

西江月·夜行黄沙道中
［宋］辛弃疾

明月别枝惊鹊，清风半夜鸣蝉。稻花香里说丰年，听取蛙声一片。

七八个星天外，两三点雨山前。旧时茅店社林边，路转溪桥忽见。

这首词上下片头两句各六字，形成工整的对仗。

西江月
［宋］苏轼

照野弥弥浅浪，横空隐隐层霄。障泥未解玉骢骄，我欲眠醉芳草。

可惜一溪风月，莫教踏碎琼瑶。解鞍倚枕绿杨桥，杜宇一声春晓。

同是《西江月》，这首词上片第一、二句对仗，下片则不对仗。

(三)是否对仗完全自由

水调歌头
[宋]苏轼

明月几时有?把酒问青天。不知天上宫阙、今夕是何年?我欲乘风归去,惟恐琼楼玉宇,高处不胜寒。起舞弄清影,何似在人间?

转朱阁,低绮户,照无眠。不应有恨、何事长向别时圆?人有悲欢离合,月有阴晴圆缺,此事古难全。但愿人长久,千里共婵娟。

水调歌头·汤坡见和用韵为谢
[宋]辛弃疾

白日射金阙,虎豹九关开。见君谏疏频上,高论挽天回。千古忠肝义胆,万里蛮烟瘴雨,往事莫惊猜。政恐不免耳,消息日边来。

笑吾庐,门掩草,径封苔。未应两手无用,要把蟹螯杯。说剑论诗余事,醉舞狂歌欲倒,老子颇堪哀。白发宁有种,一一醒时栽。

同是《水调歌头》,下片开头的三个三字句,苏轼的三句对仗,辛弃疾的则不对仗。同样是辛弃疾,他的另一首《水调歌头·盟鸥》下片开头三个三字句则是"破青萍,排翠藻,立苍苔",对仗非常工整。可见,这个位置对仗与否,作者可以自由安排。

○ 常见疑问

在填词的时候，如何判断是否需要对仗？

当遇到词中有相邻句子字数相同时，该如何判断是否要对仗，这往往是令初学者疑惑的问题。笔者认为，可以从两个方面着手：一是看词谱。有些在词谱中有明确的说明要对仗，这就没有疑义了。二是读名篇。多读名篇，并且留心比较观察。如果同一词牌的绝大多数名篇都是对仗的，那么在填词时一般要做到对仗。例如，现在有些作者在填《浣溪沙》时，下片的头两句没有对仗，以为没有要求。其实不然，像晏殊《浣溪沙·一曲新词酒一杯》与苏轼《浣溪沙·簌簌衣巾落枣花》的下片头两句都是对仗的，可见这个地方还是需要对仗的；而上片同样是两个七字句，则在前人作品中极少用对仗，这是值得注意的。

即便是前面讲到的《西江月》下片头两个六字句，少数名家填词时没有对仗，也要比较更多的词人和词作。柳永《西江月·凤额绣帘高卷》、曹雪芹《红楼梦》中的《西江月·无故寻愁觅恨》和《西江月·富贵不知乐业》的这个位置都是对仗的。可见，这个位置还是以对仗为好。

二、词的对仗特点

1. 连句相对

凡相连的两句字数相同时，词人经常运用对仗手法，特别是在两片开头的地方。

踏莎行

[宋]欧阳修

候馆梅残,溪桥柳细。草薰风暖摇征辔。离愁渐远渐无穷,迢迢不断如春水。

寸寸柔肠,盈盈粉泪,楼高莫近危阑倚。平芜尽处是春山,行人更在春山外。

2. 不拘平仄

词的对仗要求两句同一位置上的字或短语词性相同,句法结构一致,至于平仄是否相对,则依词调而定。

鹧鸪天

[宋]晏几道

一醉醒来春又残,野棠梨雨泪阑干。玉笙声里鸾空怨,罗幕香中燕未还。

终易散,且长闲。莫教离恨损朱颜。谁堪共展鸳鸯锦,同过西楼此夜寒。

这个词牌,第三四句对仗,两个三字短句也对仗,平仄相对。

一剪梅·舟过吴江

[宋]蒋捷

一片春愁待酒浇。江上舟摇,楼上帘招。秋娘渡与泰娘桥,风又飘飘,雨又萧萧。

何日归家洗客袍?银字笙调,心字香烧。流光容易把人抛,红了樱桃,绿了芭蕉。

《一剪梅》中四处的四字句对仗,平仄相同。词中的这种对仗方式,与律诗的对仗存在较大差别,律诗的对仗要求平仄对立。

3. 不忌同字

一剪梅

[明]唐寅

雨打梨花深闭门,孤负青春,虚负青春。赏心乐事共谁论?花下销魂,月下销魂。

愁聚眉峰尽日颦,千点啼痕,万点啼痕。晓看天色暮看云,行也思君,坐也思君。

此词中的对仗句各有两字相同,运用反复的修辞手法,达到特殊的审美效果。上面例举蒋捷《一剪梅·舟过吴江》的对仗句也有同字。这种同字相对,在律诗和楹联中一般是不允许的。

三、特殊对仗形式

1. 同韵相对

同韵相对,是指对仗两句的最后一字同韵。

天仙子
［宋］张先

持节来时初有雁。十万人家春已满。龙标名第凤池身,堂阜远,江桥晚。一见湖山看未遍。

障扇欲收歌泪溅。亭下花空罗绮散。樯竿渐向望中疏,旗影转,鼙声断。惆怅不如船尾燕。

此词上片"堂阜远,江桥晚",下片"旗影转,鼙声断",韵脚都是仄声,属于同韵相对。

2. 衬豆对

衬豆对,即词中出句起首句加一字豆,后面几个字形成对仗。

望海潮
［宋］柳永

东南形胜,三吴都会,钱塘自古繁华,烟柳画桥,风帘翠幕,参差十万人家。云树绕堤沙,怒涛卷霜雪,天堑无涯。市列珠玑,户盈罗绮,竞豪奢。

重湖叠巘清嘉。有三秋桂子,十里荷花。羌管弄晴,菱歌泛夜,嬉嬉钓叟莲娃。千骑拥高牙。乘醉听箫鼓,吟赏烟霞。异日图将好景,归去凤池夸。

此词下片中的"有"为一字豆,"三秋桂子,十里荷花"为对仗。

3. 领句对

领句对，是指词中领句字以外，其余部分如果与下一句的字数相同，往往也用对仗。

贺新郎·别茂嘉十二弟
[宋] 辛弃疾

绿树听鹈鴂。更那堪、鹧鸪声住，杜鹃声切。啼到春归无寻处，苦恨芳菲都歇。算未抵、人间离别。马上琵琶关塞黑，更长门、翠辇辞金阙。看燕燕，送归妾。

将军百战身名裂。向河梁、回头万里，故人长绝。易水萧萧西风冷，满座衣冠似雪。正壮士、悲歌未彻。啼鸟还知如许恨，料不啼清泪长啼血。谁共我，醉明月。

此词上片"更那堪"为领句字，接下来的两个四字句"鹧鸪声住，杜鹃声切"对仗。

4. 鼎足对

鼎足对，系指词中三句连续对仗。

行香子
[宋] 李清照

天与秋光，转转情伤。探金英、知近重阳。薄衣初试，绿蚁初尝。渐一番风、一番雨、一番凉。

黄昏院落，恓恓惶惶。酒醒时、往事愁肠。那堪永夜，明月空床。闻砧声捣、蛩声细、漏声长。

《行香子》上下片最后都有三个三字短句连续对仗，这是这个词牌体式上的一个特征。秦观《行香子·树绕村庄》上片结尾"有桃花红，李花白，菜花黄"，下片结尾"正莺儿啼，燕儿舞，蝶儿忙"，也是如此。苏轼《水调歌头·明月几时有》下片开头的三个三字句也是鼎足对。

5. 扇面对

扇面对，指词中的隔句相对。

玉蝴蝶

［宋］柳永

望处雨收云断，凭阑悄悄，目送秋光。晚景萧疏，堪动宋玉悲凉。水风轻，蘋花渐老，月露冷，梧叶飘黄。遣情伤。故人何在，烟水茫茫。

难忘，文期酒会，几孤风月，屡变星霜。海阔山遥，未知何处是潇湘。念双燕、难凭远信，指暮天、空识归航。黯相望。断鸿声里，立尽斜阳。

来看上片"水风轻，蘋花渐老，月露冷，梧叶飘黄"四句，"水风轻"隔句对"月露冷"，"蘋花渐老"隔句对"梧叶飘黄"。下片中的"念双燕、难凭远信，指暮天、空识归航"，也是此种情形。

第三编 作法

知晓了诗词的基本格律，便为诗词写作奠定了必要的基础。反过来，尝试写作一些诗词，也会加深对格律的理解。会写诗词的人，作文一般也不会差。因为写诗填词要求用最精炼的语言来表现情感和见解，而且要赋予形象、追求音律之美。笔者在给学生讲新闻写作的时候，曾经说过，会写诗词楹联的人作出来的新闻标题往往会更为洗练传神。在这一篇中我们将重点讲诗词写作的字法、句法、章法，以及如何师古与创新的问题。当然，除了这些"技"，大家更需铭记"道"，那就是诗词写作时务必要立起形象、写出个性，更要赋予真情。情乃诗之血液，诚如熊东遨先生《求不是斋诗话》所言"无情则诗死，有情则诗生"。

第一讲　字法

格律诗词要以最简练的语言表现最丰富的意蕴，一首诗词只有寥寥几句，容不得拖泥带水，一个字都不可浪费。因此，从丰富的汉语词汇中选择最恰当、最传神的字入诗，就显得尤为重要。欧阳修《六一诗话》中记载一段掌故："陈舍人偶得杜集旧本，文多脱误，至《送蔡都尉》诗云：'身轻一鸟□'，其下脱一字。陈公因与数客各用一字补之。或云'疾'，或云'落'"，或云'起'，或云'下'，莫能定。其后得一善本，乃是'身轻一鸟过'。陈公叹服，以为虽一字，诸君亦不能到也。"从中可见炼字功夫何其重要。

一、炼字

有些文体如现代小说动辄几十万字、上百万字，要做到字斟句酌自然很难，就好像机关枪扫射一样，未免会浪费一些子弹。而诗词写作，由于字数非常有限，一首五绝只有区区二十字，相当于只有二十发子弹，必须"每一颗子弹消灭一个敌人"。这就是我常讲的诗词炼字要有"狙击手"精神。

（一）炼动词

名词、动词在诗词中所占比例最大，比较而言，炼动词最为紧要。因为动词用得妙，容易让全篇生色。王安石"春风又绿江南岸",经由"到""过""入""满"多种选择,最后敲定为"绿";贾岛"僧敲月下门",从"推"到"敲",他们的锤炼过程就是炼动词。再举王维诗为例:

过香积寺

[唐]王维

不知香积寺,数里入云峰。
古木无人径,深山何处钟。
泉声咽危石,日色冷青松。
薄暮空潭曲,安禅制毒龙。

颈联的"咽""冷"二字,甚为精妙。前者写听觉,后者写视觉,凸显深山老林的幽冷。"咽"字拟人,"冷"字形容词活用为动词,读之容易产生通感,以颜色之冷带入体感温度之冷。不难看出诗人在这两个字上面所下功夫之深。

(二)炼数词

晚唐诗僧齐己有一首五律《早梅》,颔联"前村深雪里,昨夜一枝开",非常精彩。据《唐才子传》记载,齐己曾以这首诗求教于郑谷,这两句诗原为"前村深雪里,昨夜数枝开。"郑谷读后说:"'数枝'非'早'也,未若'一枝'佳。"齐己深为佩服,便将"数枝"改为"一枝",并称郑谷为"一字师"。这虽属传说,但仍可说明"一枝"两字是极为精彩的一笔。

王安石有一首五绝《梅》:"墙角数枝梅,凌寒独自开。"此处的"数枝"则不宜改为"一枝"。因为题目中没有"早"

字，不必凸显花开之早。相反，"数枝"更好，因为处于墙角位置，而且诗人距之遥远，又是与雪同色的白梅花，非得有"数枝"方能看得见些许模样。如此，后面两句"遥知不是雪，为有暗香来"，才有了根基。

（三）炼虚词

诗词之中以实词为主，但是也离不开虚词。一般而言，实词用的多会显得厚重，虚词用得多会显得灵动。这里面有个度的问题，实词用得太多，容易板滞、沉闷；虚词用得太多，容易导致柔弱、浅薄。当然，这只是就一般而言，关键不是以数量多寡而论高低，而是看能够用得适当、用到妙处。

淮上喜会梁川故人
[唐]韦应物

江汉曾为客，相逢每醉还。
浮云一别后，流水十年间。
欢笑情如旧，萧疏鬓已斑。
何因不归去？淮上对秋山。

这首诗每一句都有虚词，"曾""为""相""每""一""后""间""如""已""何""由""不""有"，共有13个虚词。虚词很多，但是由于手法圆熟，整体上却没有柔弱漂浮之感。

（四）炼叠字

诗词中适当运用叠字可以增加绘声绘色的效果。叠字一般以状词居多，可以状形色，也可状声音。当单字不足以穷尽形态之时，可以考虑叠字。状物抒情，两字相叠，能让兴会与神情毕现。顾炎武《日知录》说："诗用叠字最难。"有何之难，难在自然而不雕琢。古诗十九首《青青河畔草》，总共十句诗，前六句用了六个叠词："青青河畔草，郁郁园中柳。盈盈楼上女，皎皎当窗牖。娥娥红粉妆，纤纤出素手。"六个叠词，非常自然，各臻其妙，而不显冗余。《日知录》卷二十一以为此诗"连用六叠字，亦极自然，下此即无人可继"，可见赞扬之至。

让我们先看格律诗中的叠字运用。

纳纳乾坤大，行行郡国遥。（唐·杜甫《野望》）

漠漠水田飞白鹭，阴阴夏木啭黄鹂。（唐·王维《积雨辋川庄作》）

云山一一看皆美，竹树萧萧画不成。（唐·苏颋《扈从鄠杜间奉呈刑部尚书舅崔黄门马常侍》）

信宿渔人还泛泛，清秋燕子故飞飞。（唐·杜甫《秋兴八首》其三）

再来看词中的叠字运用。词的句子长短不一，自二字至七字，皆有使用叠字之例，如：

二字："谁似临平山上塔，亭亭，迎客西来送客行。"（苏轼《南乡子》）

三字："一叶叶，一声声，空阶滴到明。"（温庭筠《更漏子》）

四字："寸寸柔肠，盈盈粉泪。"（欧阳修《踏莎行》）

五字："玉漏迢迢尽，银潢淡淡横。"（秦观《南歌子》）
六字："照野弥弥浅浪，横空暧暧微霄。"（苏轼《西山月》）
七字："锦帐重重卷暮霞。屏风曲曲斗红牙。"（秦观《浣溪沙》）

李清照作《声声慢》开头"寻寻觅觅、冷冷清清、凄凄惨惨戚戚"十四连用七个叠词，最为人所称道。

在元曲小令中，通篇使用叠字的则有乔吉的《天净沙》："莺莺燕燕春春。花花柳柳真真。事事风风韵韵。娇娇嫩嫩。停停当当人人。"全篇都用叠字，实属罕见。但是，叠字用得过多也要防止成为游戏笔墨，学习诗词者不可不注意。

常见疑问

如何看待诗词创作中重字的问题？

叠字与重字不同。重字，是指一首诗词中有的字重复出现。作诗填词，要尽量避免重字，因为诗词的篇幅一般都很短小，用字本来就少。但有两点值得注意：一是，有些诗词的重字可能是作者有意重复，旨在通过一种"重出句法"达到或强调、或反复、或同而不同的效果。譬如，李商隐诗句"相见时难别亦难""一寸相思一寸灰"；龚自珍诗句"秋心如海复如潮，惟有秋魂不可招"；欧阳修词句"平芜尽处是春山，行人更在春山外"。这些都是有意味的重复，其实体现了一种炼字和炼句的功夫。二是，在创作中实在无法避免的重复也不必苛求，不能以辞害义。毛泽东七律《长征》

中"军""山""水"均有重字,但是全诗音律和谐、气度不凡,并不影响其成为名作。

二、诗眼

写诗作词,凡在节骨眼处炼得好字,使全句游龙飞动,令人刮目相看。这便是诗眼。诗眼,乃是最具表现力的关键点,往往能为全篇奠定基调,开拓意境。

晚 晴
[清]沈德潜

云开逗夕阳,水落穿浅土。
时见叱牛翁,一犁带残雨。

首句"逗"字就是诗人设置的诗眼,将云和夕阳拟人化,情趣顿生,为通篇创造了一种欢快和谐的氛围。

炼字的位置以何处最为关键呢?《诗人玉屑》说:"古人炼字,只于眼上炼,盖五字诗以第三字为眼,七字诗以第五字为眼。"意谓炼诗眼应多从这些紧要处着力。"诗眼"能营造意境,精确传情达意,使全句灵动生色,有画龙点睛之功效。前人所说响字,就是我们在写作时尤其要致力写好的地方。

(一)眼用实字

五言第三字为眼,七字第五字为眼,眼用实字,多为名词。举例如下:

星河秋一雁,砧杵夜千家。(唐·韩翃《酬程延秋夜即事见赠》)

感时花溅泪,恨别鸟惊心。(唐·杜甫《春望》)

夜潮人到郭,春雾鸟啼山。(唐·张祜《赠薛鼎臣侍御》)

旅愁春入越,乡梦夜归秦。(唐·白居易《江楼望归》)

古砌碑横草,阴廊画杂苔。(唐·司空曙《过庆宝寺》)

雪意未成云著地,秋声不断雁连天。(宋·钱惟演《奉使途中》)

丹青霜叶秋明灭,水墨烟林暮有无。(宋·汪藻《横山堂二首·其二》)

风传鼓角霜侵戟,云捲笙歌月上楼。(唐·许浑《将为南行陪尚书崔公宴海榴堂》)

杨柳风多潮未落,蒹葭霜冷雁初飞。(唐·赵嘏《长安月夜与友人话故山》)

花迎剑佩星初落,柳拂旌旗露未乾。(唐·岑参《奉和中书舍人贾至早朝大明宫》)

(二)眼用响字

古代诗家一般认为,七言诗第五字要响,如杜甫《返照》"返照入江翻石壁,归云拥树失江村"的"翻"与"失"字,就是响字;五言诗第三字要响,如杜甫《为农》"圆荷浮小叶,细麦落轻花"的'浮'字与'落'字,就是响字。所谓响者,就是要致力打磨之处。写诗最好是字字当活,活则字字自响。所谓五言句第三字要响,七言句第五字要响,是说此处尤其要讲究炼字,而且是以炼动词和形容词为多。

第三编 作法 85

人烟寒橘柚，秋色老梧桐。(唐·李白《秋登宣城谢朓北楼》)
白沙留月色，绿竹助秋声。(唐·李白《题宛溪馆》)
孤灯燃客梦，寒杵捣乡愁。(唐·岑参《宿关西客舍》)
圆荷浮小叶，细麦落轻花。(唐·杜甫《为农》)
寒灯思旧事，断雁警愁眠。(唐·杜牧《旅宿》
平地风烟横白马，半山云木卷苍藤。(宋·陈知默《佚句》)
返照入江翻石壁，归云拥树失山村。(唐·杜甫《返照》)
莺传旧语娇春日，花学严妆妒晓风。(唐·章孝标《古行官》)
万里山川分晓梦，四邻歌管送春愁。(唐·许浑《赠河东虞押衙》)
西山落月临天仗，北阙晴云捧禁闱。(唐·岑参《和祠部王员外雪后早朝即事》)

（三）眼用拗字

五言句第三字、七言句第五字，平与仄相换，故意形成拗句，使句式顿然有力。此处字法，可参见本书第一编《诗律》第六讲所讲的"拗救"之法。

掬水月在手，弄花香满衣。(唐·于良史《春山夜月》)
孤鸟背林色，远帆开浦烟。(唐·周贺《送杨岳归巴陵》)
渡口月初上，邻家渔未归。(唐·刘长卿《余干旅舍》)
残雪入林路，深山归寺僧。(唐·皇甫冉《送普门上人》)
骥虽老去壮心伏，鹤自病来仙骨清。(宋·郑獬《致政李祠部》其二)

残星几点雁横塞,长笛一声人倚楼。(唐·赵嘏《长安晚秋》)

寒林叶落鸟巢出,古渡风高渔艇稀。(唐·杜牧《冬日五湖馆水亭怀别》)

当然,所谓的"响字"或"诗眼"也不一定是在固定的位置。我们写诗作词的时候应当灵活处置,不可拘泥于此。实际上,除了五言第三字、七言第五字之外的位置同样可以用"响字",成为"诗眼"。例如:"大漠孤烟直,长河落日圆"(王维《使至塞上》),"直""圆"两个"响字"在句末。"吴楚东南坼,乾坤日夜浮"(杜甫《登岳阳楼》),"坼""浮"两个"响字"也在句末。"对面雷嗔树,当街雨趁人"(裴度《夏日对雨》)"嗔"字和"趁"两个"响字"在句中第四字。可见,"诗眼"和"响字"的位置可以灵活变化,没有完全固定的模式。不同的读者,对同一首诗也许会悟出不同的诗眼,这也很正常,诗眼是活眼而非死眼。

常见疑问

作诗有"诗眼",填词有"词眼"吗?

古人讲作诗的字法,多讲"诗眼",填词与此类似,也讲究炼字。虽然少有"词眼"之说,但实际上"词眼"也是有的。举两首宋词为例:宋祁《玉楼春·春景》"红杏枝头春意闹",着一"闹"字而境界全出;张先《天仙子》:"云破月来花弄影",着一"弄"字而境界全出。王国维《人间词话》对宋词这两处用字推崇备至。因此，炼字之法，诗词可以互通。

三、选韵

通常情况，诗词从开头写起，随着第一个韵脚出现，全篇的韵部就确定了。所以，遴选韵字也相当重要。当然，从写作的实际过程来看，有时候是先想到了一个好句子，然后在前后延展出一首诗来的。这时候，如果先想到的句子是入韵的，实际上也就定了全篇的韵部。鉴于此，我们把选韵也作为字法的一个内容来讲。

为什么要选韵呢？

一是因为韵部有宽、窄之别。例如，平水韵的平声韵中"四支""七虞"等韵部的字数较多，属于宽韵。"九佳""十五咸"等韵部的字数较少，相对而言属于窄韵。所以，韵部的选择将决定韵脚字遴选的机动性大小。一般来说，选择宽韵比较有利于创作。但是，对于窄韵也不能只看到不利因素。其实，由于窄韵甚至险韵的韵字诗人们用得较少，如果运用得当将有利于诗词的创新，造成一种奇特的效果。

二是因为不同韵部的声情有别。明代王骥德在《曲律》中，把元代戏曲作家、音韵学家周德清《中原音韵》所列19个韵部做了韵响特征和感情风致的标记：

至各韵为声，亦各不同。如"东钟"之洪，"江阳""皆来""萧豪"之响，"歌戈""家麻"之和，韵之最美听者。"寒山""桓欢""先天"之雅,"庚清"之清,"尤侯"之幽,次之。"齐微"之弱,"鱼模"之混,"真文"之缓,"车遮"之用杂入声,又次之。"支思"之萎而不振,听之令人不爽。至"侵寻""监咸""廉纤",开之则非其字,闭之则不宜口吻,勿多用也。

所以,诗词写作时要适当考虑不同韵部和韵字的声情区别,填词时尤其要注意这一点。

精选练习

宋代诗人林逋有一首七律《留题李休山居》,颈联是"鸟恋药棚长独立,树欺诗壁半旁生"。清人贺裳《载酒园诗话》卷一:"愚意'欺'字未善,当作爱惜逊避之意,始与'旁生'字相应。"对此你做何评价?如果你同意贺裳的观点,请另外选出可以替换"欺"的字。建议先找出原诗,认真品读。

第二讲 句法

参悟诗词的句法，是将"日常语"提升到"诗家语"的关键。今天的人们几乎完全生活在全白话的语境之中，无论是口头表达，还是书面表达，都离文言渐行渐远了。我们虽然对时语入诗持开放态度，但是还得承认诗词的炼字锻句离不开文言的基础。还应该看到，即便是在古代，诗词的句式与散文、小说也存在重大差别。诗词是一种极致的语言艺术，语句更加凝练，意蕴更加丰富。

一、诗词句法概说

（一）诗句节奏

根据汉语的构词特征，诗词的句子一般以两个字为一个节奏单位，是为语音节奏。例如，五言句一般为"二二一"或"二三"，七言一般为"二二二一"或"二二三"。当然，节奏还可以根据具体的语义来分析，这就是语义节奏。语义节奏可能会与语音节奏一致，但有时也会出现变化。如，杜甫"亲朋无一字，老病有孤舟"，这两个对句的语义节奏就宜划分为"二一二"。这里列举几组诗句的例子，以说明语义节奏的多种变化。

{ 亲朋 / 无 / 一字,
  老病 / 有 / 孤舟。（杜甫《登岳阳楼》）

{ 酒醒 / 微风 / 入,
  听诗 / 静夜 / 分。（杜甫《陪郑广文游何将军山林十首·其九》）

{ 书生 / 邹鲁客,
  才子 / 洛阳人。（王维《送孙二》）

{ 晴川 / 历历 / 汉阳树,
  芳草 / 萋萋 / 鹦鹉洲。（崔颢《黄鹤楼》）

{ 春蚕 / 到死 / 丝 / 方尽,
  蜡炬 / 成灰 / 泪 / 始干。（李商隐《无题》）

{ 三万里 / 河 / 东入海,
  五千仞 / 岳 / 上摩天。（陆游《秋夜将晓出篱门迎凉有感二首·其二》）

{ 巴人泪 / 应猿声落,
  蜀客船 / 从鸟道回。（刘禹锡《松滋渡望峡中》）

语义节奏的变化非常多，以上例举无法穷尽。读者可以在阅读经典作品时注意体会，明了句子节奏的变化，对于参悟写诗填词的句法将大有裨益。

第三编　作法

(二)词句节奏

词的句式长短多变,从一言到九言的都有,这是与诗的不同之处。不同的词牌,句式特点也不相同。一般而言,奇数句的句子,如三言、五言、七言、九言,会呈现出如同律诗句子相似的语义节奏变化。偶数字的句子,如四言、六言一般语音节奏是"二二"或"二二二"。但是,语义节奏也会出现变化。

好梦/枉随/飞絮;
闲愁/浓胜/香醪。(柳永《西江月·凤额绣帘高卷》)

七八个星/天外;
两三点雨/山前。(辛弃疾《西江月·夜行黄沙道中》)

同样是《西江月》的正体,都是下阕开头的两个六字句,柳永与辛弃疾句子的语义节奏有较大不同。

词的节奏还有一个关键点,那就是领字的问题。领字就是读到时应该稍作停顿,以引起下文。领字都与后面接的词语或句子在节奏上有天然的停顿。领字,可以是一个字,也可以是两个或三个字。

如果领字只有一个字,那又称"一字豆"。"豆"就是"读",这是词的句法常见特征之一。"一字豆"多数是虚词,如但、正、又、渐、更、甚、乍、尚、况、且、方、纵等等;有些是动词,如对、望、看、念、叹、算、料、想、怅、恨、怕、问等等。从声调看,大多数是去声字。这些字往往放在四字句前面构成五字句（上一下四式），如"渐霜风凄紧""更草草离筵""又酒趁哀弦""且莫思身外""纵豆蔻词工""念武陵人远"等等。

如毛泽东《沁园春·雪》中"望长城内外，唯余莽莽；大河上下，顿失滔滔"，"望"字为一字豆，第一句的节奏应为"望／长城内外"，"望"以后的16个字就是两个整齐的对仗句了。

领字，也可以是两个字，如"恰似一江春水向东流"，以"恰似"引出后面的七言句。常见的还有"试问""何奈""纵把""怎禁"等等。

三个字的领字，如"更那堪、冷落清秋节"。常见的还有"又况是""忆前番""拼负却""倩何人"等等。

只有懂得领字和一字豆，才不至于误解词句的平仄，准确把握词句的节奏，理解词的句法。

（三）语法变化

诗家语不同于日常语，因此不能机械地用现代汉语语法去分析诗词的句式结构。诗词写作经常会用到省略句与不完全句。由于字数有限，诗词造句一般会尽力节省文字，省略句的方式较为常见。当然省略的前提是不造成误解和费解。因此，在读诗词时不能按照常规的方式去苛求句子成分的完整。省略成分以后，诗词中就会出现不完全句。

动词省略之后，就会出现非主谓结构的句子，呈现出名词或名词性结构的组合方式。温庭筠《商山早行》首联"鸡声茅店月，人迹板桥霜"就是大家最熟悉的例子。来看一首清诗的例子。

阻 雪

［清］吴伟业

关山虽胜路难堪，才上征鞍又解骖。
十丈黄尘千尺雪，可知俱不似江南。

诗中第三句只是并列两个名词意象"十丈黄尘""千尺雪"，没有动词，也没有关联词，句子结构不完全，但是其意义是完整的，读者可以产生画面感，在视觉上形成迥异于江南的塞外风光。

春日忆李白

［唐］杜甫

白也诗无敌，飘然思不群。
清新庾开府，俊逸鲍参军。
渭北春天树，江东日暮云。
何时一尊酒，重与细论文。

这首诗的中间两联四句都是名词性的结构，没有动词，但是只要读者根据整体的意境去适当补充，就可以理解这些句子的完整含义。清代纳兰性德写的五律《蕉园》的颔联"莺边花树树，燕外柳丝丝"，两句也是名词性的结构，典型的非主谓句，也是典型的诗词句法之一。

(四) 语序变动

在诗词写作中，为了符合格律，或者创造特别的审美效果，倒装、拆合、重组语序的现象大量存在。苏轼有一首《浣溪沙》，首句是"簌簌衣巾落枣花"。簌簌，是纷纷下落的样子。全句的意思是枣花纷纷飘落在衣巾之上。还原成日常表达的语序应该是"簌簌枣花落衣巾"。之所以要用"簌簌衣巾落枣花"主要是为了照顾平仄和押韵的需要，而附带也起到了增加新奇感的作用。诗词的这种语序变动几乎是家常便饭。

杜甫《奉酬李都督表丈早春作》有"红入桃花嫩，青归柳叶新"一联。如果按照惯常表达"桃花粉嫩，柳叶新青"那就没有新意，也没有审美意蕴。杜甫以诗人的匠心将进行语序改造和重组，将两个颜色词"红""青"打头，分别以"入""归"两个动词接之。句子的语义节奏变成了"一四"，在五律的句式节奏中相对比较少见。这样一来，颜色的视觉形象被强化了，而且意象充满了动感，句式给人以新奇之感。这就将"日常语"改造成了"诗家语"。

再以林则徐的一首诗为例：

赴戍登程口占示家人二首其二

[清] 林则徐

力微任重久神疲，再竭衰庸定不支。
苟利国家生死以，岂因祸福避趋之。
谪居正是君恩厚，养拙刚于戍卒宜。
戏与山妻谈故事，试吟断送老头皮。

这是林则徐因主张禁烟而受到贬谪伊犁充军的处分，被迫与家人分别时的诗作。诗中抒发他愿为国献身，不计个人得失的崇高精神。颔联是名句，"苟利国家生死以，岂因祸福避趋之"，对句属于正常语序，出句则发生了很多语序的变化。"苟利国家生死以"，这句究竟是何意呢？要弄懂它的意思，读诗者必须先将其语序还原成正常状态。如何还原呢？它的正常语序应该是"苟以生死利国家"。之所以要倒装、拆合，直接的目的当然是为了符合平仄、对仗的格律要求，客观上也带来了别样的审美效果。

林则徐这首诗的颔联不是一般的倒装，而且语序错综，已经接近于错综句法了。再举两个典型的错综句法的案例：

香稻啄余鹦鹉粒，碧梧栖老凤凰枝。（唐·杜甫《秋兴八首》其八）

林下听经秋苑鹿，江边扫叶夕阳僧。（唐·郑谷《慈恩寺偶题》）

本来应是"鹦鹉啄余香稻粒，凤凰栖老碧梧枝"，但诗人为了凸显回忆中长安景物之美好，说那里的香稻不是一般的稻，是鹦鹉啄余的稻；那里的碧梧不是一般的梧桐，是凤凰栖老的梧桐，所以这样造句。如此一来，既可以侧重强调"香稻""碧梧"，又可以产生一种打破惯常的新奇感。本来应是"秋苑鹿林下听经，夕阳僧江边扫叶"，若用现代语法来分析，"鹿""僧"两个主语被后置了，"秋苑""夕阳"分别是地点状语和时间状语，而又被诗人活用做了"鹿""僧"的定语，而出句还有拟人手法，这些综合技法的运用造就了这一联的新奇感。值得说明的是，诗词的句式和语序变化不能机械地用现代汉语语法去分析，真正的"诗家语"往往是一种灵动的呈现。

（五）逻辑变通

诗词句子的逻辑关系也有别于生活语言和散文等其他文体的语言。在单句之中，除了常见的主谓或主谓宾结构之外，还会出现复杂句或复合句。这一点值得在阅读和写作时认真玩味。试以杜诗为例："亲朋无一字，老病有孤舟"属主谓宾结构完整的正常语序，各句中逻辑关系单一明确。"红入桃花嫩，青归柳叶新""星垂平野阔，月涌大江流"各句的前两字与后三字实际上构成了复合句的关系，虽然没有用关联词，但是读者可以为之补充完整，大体应该是因果关系或者承接关系。王维"竹喧归浣女，莲动下渔舟"，前两字与后三字构成复合句，是一种承接或因果关系。在寥寥五字之中构建复合关系，这是炼字、炼句能力的体现。举两首清诗为例：

灵隐寺月夜

[清] 厉鹗

夜寒香界白，涧曲寺门通。
月在众峰顶，泉流乱叶中。
一灯群动息，孤磬四天空。
归路畏逢虎，况闻岩下风。

此诗颈联两句也是前两字与后三字构成复合句，是一种因果或承接关系。意境和句法都类似于王维的"夜静春山空"。

太湖口守风

[清] 赵翼

泊舟罗步港，风势正喧豗。
白浪无人渡，青山似马来。
野香花信报，春色烧痕回。
隐隐祥符寺，遥听粥鼓催。

这首诗的颈联两句分别都构成了因果关系的复合句，读者在理解时可以为之补进"因为……所以……"之类的关联词。

梅花落

[清] 纳兰性德

春色凤城来，寒梅逼岁开。
条风初入树，缥雪渐侵苔。
粉逐莺衣散，香黏蝶翅回。
陇头人未返，急管莫频催。

这首诗的颈联各有两个名词两个动词，但是组合起来关系更为复杂。它们不是承接、并列或因果关系的复合句，而是状语修饰中心动词的关系。如果不考虑平仄等要求还原为正常语序，应该是"逐莺衣粉散，黏蝶翅香回"。果真如此表达逻辑关系是清晰了，但是诗味却淡了很多。

前面讲的是单句的语序和逻辑关系问题，格律诗都是以两句对出的方式呈现的，因此，两句之间的逻辑关系也很重要。对仗的句式，一般都是单独成句，两句之间是并列对举的关系，如"明月松间照，清泉石上流"就是如此。但是，如果是流水对，那么两句之间就会形成逻辑上的勾连关系。如"欲穷千里目，更上一层楼"，要想穷尽千里目，就要更上一层楼，上下两句有条件关系。

古人常将五律中凡是上下两句十个字合起来才能表达一个完整意思的句式称为"十字格"。唐杜甫《放船》"直愁骑马滑，故作泛舟迴。"，宋梅尧臣《碧澜亭》"危楼喧晚鼓，惊鹭起寒汀"，出句和对句之间存在因果关系的逻辑勾连，合起来才意思才完整。七言格律诗中像这样两句构成一种复合关系的情况也常见，陆游《临安春雨初霁》颔联"小楼一夜听春雨，深巷明朝卖杏花"，上下句暗含先后、因果关系，其妙处与五律中的"十字格"相通。

二、句式常见问题

写作水平处于较低层次的作者，在写诗填词时往往句法单一，使得作品显得板滞。具体来说，会有以下几种表现：

（一）造句只会"三板斧"

造句使用频率最高的是主谓结构，其次是动宾结构。因为在我们的日常表达中这两种句式是最常用的，所以初学者或者不求精进者往往只会用这两种句式，尤其是主谓宾的结构成了"看家本领"。这样容易导致很多句子都是名词打头。

（二）堆叠实词，不会虚词

最容易堆叠的是名词意象，实词很多，缺少虚词的运用，这样导致句法和章法呆板，缺少灵动。为了说明问题，试举一例：

游北京北海

琼华仙岛似蓬莱，八面风光任剪裁。
白塔巍巍观塔影，崇楼叠叠上楼台。
长廊看画临幽境，高客吟诗尽素材。
禁苑当年何寂寞，今朝览胜万方来。

这是从某诗词刊物上找来的一个案例，略去了作者姓名。这首诗的格律没有问题，但是句法很单一。你若稍微留意观察，便会发现它的八句话几乎全是名词打头，诗中堆叠了很多名词意象，句式主要是主谓宾的结构。中间两联四句的开头都是同样的词性或结构，这就是写诗比较忌讳的"四平头"。这样导致句子的节奏也较为重复。如，前六句的动词"似""任""观""上""临""尽"都是第五字，位置完全一致，句式缺少变化。

（三）惯用成语、熟语入诗

成语、熟语信手拈来，用起来方便，但很容易导致诗意的难以创新。中国的成语一般是由四个字组成，而且相当一部分的成语还符合平仄交替的原则，如"灯红酒绿"为"平平仄仄""柳暗花明"为"仄仄平平"，放在诗句中容易契合平仄要求，很是省事。所以，很多人喜欢用。曾经看到一首题为《悼父亲》的七律，八句诗中用了六个成语和熟语来形容和赞美父亲，诸如"音容笑貌""谦恭自律""吃苦耐劳"之类，这样的诗自然出不了个性，所写的父爱也必然会停留在概念化的层面。

三、句式优化对策

（一）学会"活字印刷"

当代人由于缺少文言写作的环境，一般都习惯双字成词，喜欢说四字成语和多字的俗语。若以这样的方式来写诗填词，就会导致句法板滞，而且不易出新。如何才能改变呢？那就是要习惯单字入诗，学会以文言雅词进入诗词写作。诗词的语言较多为单音节的单字成词，如果双字词、成语、俗语太多，就容易导致句子、句群和篇章形式上的板结。打个比方，单字入诗就相当于"活字印刷术"，成语俗语入诗就相当于"雕版印刷术"。单字进入诗词，会让句式更加活络，句子的排列组合的机动性就会呈几何系数地增加，这样出新的可能性就大了。

虚上人从淄邑来胶欢然道故上人住青云寺乃余昔年读书处

［清］王士禛

连雨胶河涨，新晴路始开。
书凭双鲤至，秋带一僧来。
煮茗烟迷竹，谈经月上台。
不堪追往事，山径锁荒苔。

王世禛的这首五律使用的双字词就比较少，只有"胶河""新晴""往事""荒苔"等几处，而且这些也是偏正结构的名词。其余的多是单字入句。尤其是中间两联四句，全都是单字入句。这样就带来结构上的活络，句法上的灵活，读起来流畅而富于变化。这种方式带来的就是"活字印刷术"的效果。

(二)善于"砌砖墙"

要做到句法灵活,就要避免句法上的单一,防止句子结构上的单一。再看上面王世祯的这首例诗的中间两联,颔联是名词开头的主谓结构,颈联则是动词开头的动宾短语的组合;再细看,两联的句子节奏也有变化,颔联各句的节奏是"一四",颈联各句的节奏是"二三"。熊东遨先生将这些句式结构、语义节奏的变化和避重比喻成"砌砖墙",是很有道理的。砌墙的时候上下相邻两行的纵向缝隙不能垂直重合,而应该错开,否则,墙就容易垮塌。写诗的造句也是这个道理。

岁暮到家

[清] 蒋士铨

爱子心无尽,归家喜及辰。
寒衣针线密,家信墨痕新。
见面怜清瘦,呼儿问苦辛。
低回愧人子,不敢叹风尘。

这首诗描写岁末回家的心情,很是细腻传神。细看其中的句法,也会发现富于变化。前三联均系对仗,但是每一联句子的结构和节奏都有不同:第一联的句子动词打头,而且只有一个动词,节奏为"二一二";第二联的句子换成名词打头,节奏为"二二一";第三联的句子换成动词打头,但是由两个动词并列而成,节奏换成"二三"。尾联则是两句话合起来表达一个意思,典型的十字格。由此可见,诗人在句法上的匠心。初学诗词的人,只要对这些地方认真体会,并用以指导自己的写作,一定会有所收获。

填词与写诗相通,也要注意句式的变化。一些双调的词牌,由于上下两阕的句子字数和平仄都是相同的,所以很多词人在填这一类词也会注意处理上下阕对应位置的句式变化。例:

一剪梅

[宋]李清照

红藕香残玉簟秋,轻解罗裳,独上兰舟。云中谁寄锦书来?雁字回时,月满西楼。

花自飘零水自流。一种相思,两处闲愁。此情无计可消除,才下眉头,却上心头。

《一剪梅》的上下阕词谱完全相同,但词人在处理对应位置的句子时会避免重复,注意结构、节奏上的变化,从而达到同而不同的审美效果。

(三)重视"关节韧带"

要善于用好、用活虚词,尤其是连词、副词、介词。古人对词性没分这么细,但是仔细体会经典诗词的句法之妙,会发现很多时候得益于连词、副词、介词的运用。这些词的进入,能够给句子装上"关节"和"韧带",句意也就能够跌宕、流转。例如,王维"春去花还在,人来鸟不惊","还""不"

二字副词作状语，每句的转折之意就自然呈现出来了。诗词中的流水对也是常以"连词""介词"之类的勾连起来的。韩愈"欲为圣朝除弊事，肯将衰朽惜残年"，"欲为""肯将"将上下两句勾连起来，流转自如。龚自珍《秋心》"气寒西北何人剑，声满东南几处箫"，以"何""几"勾连上下，贯通气韵。上海豫园有一副七言对联：

楼高但任云飞过；
池小能将月送来。

上下句各用两个虚字，"但""任""能""将"，很巧妙地让小天地和大格局之间建立联系，而且实现转折，婉转表现知足常乐的心态。这就是虚词在句法中的妙用。

民国诗人郁达夫《钓台题壁》颔联："曾因酒醉鞭名马，生怕情多累美人。"诗人以为得意之笔，常书写赠人。读之也的确不凡。从句法而言，出句"曾因"与下句"生怕"关联巧妙，两句各有千秋，又彼此呼应。这也是关联词用得巧妙带来的圆通流动之美。

精选练习

1. 请挑选杜甫或王维的十首五律，分析其造句特点和节奏变化，体会其中的妙处，并与同好分享。

2. 请自拟题目写作一首五律或七律，注意运用本讲所讲的句法技巧。

第三讲　章法

积字成句，积句成章。讲了字法、句法，我们接着讲诗词的章法。一说到章法，想必你很容易想到"起、承、转、合"的说法。可是，严格来讲，诗词章法不限于起、承、转、合的成章步骤和技巧，还包括立意、选材、修辞和润改等多方面的问题。本讲将重点聚焦律诗、绝句、词的分体章法，附带再讲一下炼意与意脉的问题。

一、律诗章法

一般五律和七律只有四联八句，写作者初步完成了立意之后，就要着手考虑这四联的分工问题。文无定法，诗也无定法，但是，前人总结的基本套路还是值得重视的，尤其是对于初学者而言更应该重视，这样可以少走弯路。

明代王世贞《艺苑卮言》卷一说："篇法有起，有束，有放，有敛，有唤，有应。大抵一开则一阖，一扬则一抑，一象则一意，无偏用者。"他讲的是七律章法，同样也适用于五律。放敛、呼应、开阖、扬抑，王氏的律诗章法理论充满了辨证和中庸思想。象，是指写景、状物；意，是指抒情、议论，这两者也要有各联的轮换分配。

元人杨载《诗法家数》中把"律诗要法"归纳为"起、承、转、合",并且把律诗四联的布局和写法分别予以具体描述:

破题:或对景兴起,或比起,或引事起,或就题起。要突兀高远,如狂风卷浪,势欲滔天。

颔联:或写意,或写景,或书事、用事、引证。此联要接破题,要如骊龙之珠,抱而不脱。

颈联:或写意,写景,书事,用事,引证。与前联之意相应,相避。要变化,如疾雷破山,观者惊愕。

结句:或就题结,或开一步,或缴前联之意,或用事,必放一句作散场。如剡溪之棹,自去自回,言有尽而意无穷。

(一)首联破题

破题主要有三种方式:比兴起、引事起、就题起。

1. 比兴起

比兴起,就是通过景物描写起兴,譬如,杜甫《月夜忆舍弟》的首联:"戍鼓断人行,秋边一雁声。"以戍鼓、雁声渲染离散的景况,这就是比兴起。

2. 引事起

引事起,就是以题中或诗中所要写的事情起笔。譬如,王维《送李判官赴东江》是一首描写送别的五律,颈联"闻道皇华使,方随皂盖臣"就是引入事情而起笔的方式。

3. 就题起

就题起,就是从题目顺势引导过来作为开头。譬如,杜甫《春日忆李白》的首联"白也诗无敌,飘然思不群",

直接以"李白"起笔,就是从题目中顺引过来的。

(二)中间两联写法

颔联和颈联要有所分工,一般一联写景,另一联则言事,言事包括抒情和议论。这种内容上的分配,就是王世贞所讲的"一象则一意"。杨载《诗法家数·律诗要法》对中间两联的分工说得更细:"有两句共一意者,有各意者。若上联已共意,则下联须各意。前联既咏状,后联须说人事。两联最忌同律。"试以杜诗为例:

登岳阳楼

[唐]杜甫

昔闻洞庭水,今上岳阳楼。
吴楚东南坼,乾坤日夜浮。
亲朋无一字,老病有孤舟。
戎马关山北,凭轩涕泗流。

我们来看诗人对中间两联的处理。颔联是写景象,颈联则言人事,这是大的布局分工。再来细看,颔联出句和对句都是写洞庭湖的壮阔气象,可以说是"两句共一意",也就是两句话说的是一个意思;颈联的上句说亲朋,与自己已没有联系,下句则说自己只剩下病躯和孤舟了,可以说是两句"各意",各自表达不同的意思。这首诗中间两联的内容分配与写作技法,堪称经典,值得学习律诗写作的人仔细体会。

当然,诗无定法,中间两联也有颔联写人事,颈联写景物的,如王维《送李判官赴东江》中间两联:"封章通左语，冠冕化文身。树色分扬子，潮声满富春。"也有全部写景的，如白居易《江夜舟行》中间两联："江铺满槽水，帆展半樯风。叫曙嗷嗷雁，啼秋唧唧虫。"即便是两联都写景，其实也是景中融情，因为好的诗词没有不带情感的景物描写，就像王国维所讲"一切景语皆情语"。

（三）尾联结句

元人杨载说："凡作唐律，起处要平直，承接处要从容，转处要变化，结处要渊永，上下要相联，首尾要相应。"民国学者刘铁冷在《作诗百法》中提出了合笔束题法，对于诗词的结尾写法很有启示意义。合笔束题，就是指诗歌结尾总结主题或中心思想，通过对前面几联的铺垫，到结联或结句时戛然收笔，使诗的主题得到升华。

刘禹锡《蜀先主庙》诗，其合笔结尾常为评论者激赏，风格苍凉沉郁，是为警人之笔，足以传诵千古。

蜀先主庙

[唐] 刘禹锡

> 天地英雄气，千秋尚凛然。
> 势分三足鼎，业复五铢钱。
> 得相能开国，生儿不象贤。
> 凄凉蜀故妓，来舞魏官前。

此诗抒发凭吊之意，而起句却极雄浑，第三、四句写先主之复汉，是为了歌颂先主。但是，其开国全恃诸葛，故第五句一衬，其败国全由后主，故第六句一慨，结句从第六句折出，不直言蜀国灭亡而暗示其灭亡。诗句只言蜀妓凄凉，读者可以想见蜀国君臣又何如呢？以这种方式来束题，怎不令人潸然泪下？这样的结题方式就是"放开一步"的结法，做到了前文所讲的"如剡溪之棹，自去自回，言有尽而意无穷"。

二、绝句章法

应该说，前面所讲的律诗章法对于绝句写作来说有很多方面也是适用的。但是，绝句毕竟篇幅更短，在写法上也有一定的特殊性。民国学者冯振作有《七言绝句作法举隅》，其中例举了56种作法，每种作法均列举了若干案例。冯先生作法分类很细，但笔者认为所分种类过多，而且各种作法之间多有交叉。熊东遨先生有《绝句法浅说》一文，将绝句分为递进、并列、两分、混合、回环、问答等六种形式，言简意赅，读者可以参阅。本书综合各家之长，删繁就简，将绝句法概括为四种方式：

（一）对照式

前两句平铺直叙，后两句与前两句形成对照。这其中又有时间对照、空间对照、时空交织对照等多种方式。

九日思长安故园

［唐］岑参

强欲登高去，无人送酒来。
遥怜故园菊，应傍战场开。

第三编 作法　109

题都城南庄

[唐] 崔护

去年今日此门中,人面桃花相映红。
人面不知何处去,桃花依旧笑春风。

九月九日忆山东兄弟

[唐] 王维

独在异乡为异客,每逢佳节倍思亲。
遥知兄弟登高处,遍插茱萸少一人。

夜雨寄北

[唐] 李商隐

君问归期未有期,巴山夜雨涨秋池。
何当共剪西窗烛,却话巴山夜雨时。

觐回宿龙潭

[明] 汤显祖

是岁春连雪,烟花思不堪。
雨中双燕子,今夕是江南。

送孙处士默还黄山

[清] 朱彝尊

芜城客散乱乌啼,别业黄山路不迷。
后夜相思秋色远,月明三十二峰西。

（二）转递式

前两句铺垫，后两句转折或者递进。这种转递往往需要第三句另开一步，形成跳跃或折转，具体常通过假设、因果、问答等方式来实现。这种方式一般比较契合传统的起承转合模式。

问刘十九
［唐］白居易

绿蚁新醅酒，红泥小火炉。
晚来天欲雪，能饮一杯无？

江南曲
［唐］储光义

日暮长江里，相邀归渡头。
落花如有意，来去逐船流。

渡桑乾
［唐］贾岛

客舍并州已十霜，归心日夜忆咸阳。
无端又渡桑乾水，却望并州似故乡。

闺 怨
［唐］王昌龄

闺中少妇不知愁，春日凝妆上翠楼。
忽见陌头杨柳色，悔教夫婿觅封侯。

江村即事

［唐］司空曙

钓罢归来不系船，江村月落正堪眠。
纵然一夜风吹去，只在芦花浅水边。

北固山看大江

［清］孔尚任

孤城铁瓮四山围，绝顶高秋坐落晖。
眼见长江趋大海，青天却似向西飞。

（三）并列式

两联皆作对语，一句一意，互相独立，整体并生一种情绪。常以两副对联的形式出现，有似律诗的中间两联。此种方式的绝句所占比例很少，案例也难找；而且不易写好，两副对联如果各言其事，难以形成一种整体意境。

勤政楼西老柳

［唐］白居易

半朽临风树，多情立马人。
开元一株柳，长庆二年春。

绝　句

［唐］杜甫

迟日江山丽，春风花草香。
泥融飞燕子，沙暖睡鸳鸯。

绝 句

[唐] 杜甫

两个黄鹂鸣翠柳，一行白鹭上青天。
窗含西岭千秋雪，门泊东吴万里船。

人们对于绝句作法的分类方式很多，但是，最根本的方法还是绕不过"起、承、转、合"四个字。从古至今，这依然是创作绝句的通行方法。当然，诗无定法，如何起承转合，又有各种不同的手段。冯振总结了56种作法，其实若再细分，又何止百种、千种？不过，冯振归纳的"第一法"的确值得读者重视：

右一法，四句旋转而下，第四句必有一二字与第一、二句相复者，而句首并多用"却"字。凡绝句，三四句必紧接，而与第一、二句却多不即不离，以转捩关键，全在第三句也。惟此类，则第四句必与第一、二句呼应极紧，盖四句一气转下者也。（冯振《七言绝句作法举隅》）

这是开头第一法，实际上也是冯振关于七绝作法的总纲。他尤其强调第三句是"转捩关键"，应当与前两句不即不离。这堪称写好绝句的不二法门，值得学诗者仔细体会。

三、词的章法

词以分上下两片者居多，不分段者较少，因此谈填词章法，应该以上下片的书写内容分配，以及如何过片、有效而又艺术地实现上下两片的联系为重点。这也是词的章法与诗的章法的最大不同之处。绝句和律诗各句各联都是连贯的整体，中间没有分段、暂停。词的上下两片的关系，从音乐上来理解是暂时休止而非全曲结束，由此在词的章法上非常讲究过片；从内容上来讲则需要考虑两段写作的分工。

（一）上下片如何分工

词的上下片相对独立而又相互呼应，一般来讲，分似可各自成篇，合则意境浑然一体。词中佳构会凭借意脉的穿引实现上下片巧妙勾连和融合。然而，按照常规的章法，词的上下片内容一般是有相对分工的。注意，只是相对的分工，不可作绝对化的区分！常见的分工方式大致有以下三种：

1. 情景相对

所谓情景相对的章法，一般是指上片着重写景，下片着重写情。这一点其实与诗法相通，比兴莫不缘于景象，触景生情乃是思维的一般规律。因此这种上景下情的方式在词中常见，是一种较为通行的章法。李后主的《虞美人》上片写春花秋月、小楼东风，下片则写延绵不绝的"几多愁"。宋词名篇之中这样的例子更多。柳永的《八声甘州·对潇潇暮雨洒江天》上片写登楼远眺的暮雨、江天、霜风、残照、红衰翠减，勾画出一派萧瑟秋景，下片则转入写羁旅之愁与乡思之慨。苏轼的《念奴娇·赤壁怀古》和《江城子·密州出猎》、辛弃疾的《水龙吟·楚天千里清秋》大致都是上景下情的模式。

上情下景的方式，有！但相对较少。举张先的词为例：

天仙子
[宋]张先

水调数声持酒听。午醉醒来愁未醒。送春春去几时回？临晚镜，伤流景，往事后期空记省。

沙上并禽池上暝，云破月来花弄影。重重帘幕密遮灯，风不定，人初静，明日落红应满径。

上片写酒醒后的春愁、伤感和对往事的怀念，重在抒情。下片以细腻的笔触来写眼前所见，重在写景。

2.今昔相对

今昔相对的章法，一般以上昔下今的方式较多，反过来的也有。这一类的词重点打的是"时间"牌，今昔比照，容易催生物是人非的慨叹。

生查子·元夕
[宋]欧阳修

去年元夜时，花市灯如昼。月上柳梢头，人约黄昏后。
今年元夜时，月与灯依旧。不见去年人，泪湿春衫袖。

鹧鸪天·有客慨然谈功名因追念少年时事戏作
[宋]辛弃疾

壮岁旌旗拥万夫，锦襜突骑渡江初。燕兵夜娖银胡䩞，汉箭朝飞金仆姑。

追往事，叹今吾，春风不染白髭须。却将万字平戎策，换得东家种树书。

欧阳修词上片写去年元夜与情人幽会的欢愉，下片写今年元夜的孤独落寞，典型的今昔比照。辛弃疾词上片写少年英雄铁骑长驱，建功沙场，何等豪迈；下片抚今追昔，报国无门、壮志未酬、牢骚悲愤，又是何等悲凉。其悲愤之情，有如陆游的"心在天山，身老沧州"。这是典型的今昔比照章法。

3. 真幻相对

真幻相对，是指词的上下片一写真实景况，一写虚幻景况，而幻景多为想象或梦境。这种方法其实是一种虚实的比照和结合。苏轼《江城子》描写对亡妻的怀念，上片主要写眼前的孤独境况，"孤坟""尘满面、鬓如霜"，这些都是眼前之真实情形；下片转入想象，"小轩窗，正梳妆"，写"幽梦"中的重逢，这是幻景。上幻下真的章法，如：

沁园春·梦孚若
[宋] 刘克庄

何处相逢，登宝钗楼，访铜雀台。唤厨人斫就，东溟鲸脍，圉人呈罢，西极龙媒。天下英雄，使君与操，余子谁堪共酒杯。车千两，载燕南赵北，剑客奇才。

饮酣画鼓如雷。谁信被晨鸡轻唤回。叹年光过尽，功名未立，书生老去，机会方来。使李将军，遇高皇帝，万户侯何足道哉。披衣起，但凄凉感旧，慷慨生哀。

上片以写对友人思念，两人英雄相惜，驰骋北方，建功立业，网罗天下剑客奇才，这是梦境。下片却被鸡鸣无情地拽入现实，怀才难遇，功业无成，好不凄凉，这是真境。这是典型对照章法。再举一首清词为例：

蝶恋花
[清] 况周颐

柳外轻寒花外雨。断送春归，直恁无凭据。几片飞花犹绕树。萍根不见春前絮。

往事画梁双燕语。紫紫红红，辛苦和春住。梦里屏山芳草路。梦回惆怅无寻处。

这首词上片写眼前春景，是实写；下片转入写往事、写梦境，是虚写。从章法来看，是比较典型的上真下幻模式。

（二）如何过片

谈了词的上下片内容的分配方式，接下来我们来谈如何实现过片。过片的方式很多，主要可以分成三类：暗相勾连式、平行对照式、交融一体式。

1. 暗相勾连式

词分出来的两片或三片，每片相对独立，但又必须合起来才成为完整的一首。因此，上片的结尾一般是似合似起，下片的开头一般是似承似转。换句话讲，过片之处似断非断、藕断丝连。张源《词源》说："过片不要断了曲意，须要承上接下。"

齐天乐·蟋蟀
[宋]姜夔

庾郎先自吟愁赋,凄凄更闻私语。露湿铜铺,苔侵石井,都是曾听伊处。哀音似诉。正思妇无眠,起寻机杼。曲曲屏山,夜凉独自甚情绪?

西窗又吹暗雨。为谁频断续,相和砧杵?候馆迎秋,离宫吊月,别有伤心无数。豳诗漫与。笑篱落呼灯,世间儿女。写入琴丝,一声声更苦。

这首词咏蟋蟀,全篇着眼于一个"声"字。从情感特征来看,上片紧扣一个"愁"字,"私语""哀音"都在摹写愁状。下片紧扣一个"苦"字,突显"别有伤心无数"。从"愁"到"苦",情绪又加深了一层。词人在过片处非常讲究,上片尾句着一个"甚"字,既似做了总结又似提出疑问,为下片起笔留下了引线。下片首句着一"又"字,似承似转,新开一境,却又呼应了上片。由此可见姜夔在过片上的匠心。

再以一首清词为例,说明过片的暗相勾连之法。

南乡子·邢州道上作
[清]陈维崧

秋色冷并刀,一派酸风卷怒涛。并马三河年少客,粗豪,皂栎林中醉射雕。

残酒忆荆高,燕赵悲歌事未消。忆昨车声寒易水,今朝,慷慨还过豫让桥。

邢州即今天河北邢台，古时属于燕赵之地，燕赵多慷慨悲歌之士。词人途经此地，不禁想起荆轲、高渐离刺秦、豫让刺赵襄子之事，词中书写对这些刺客侠义气概的追崇。词的上下两片分工比较清晰，上片写现实的眼前情景，下片回忆历史情景。过片之处设计非常精妙，上片结句"醉射雕"，意谓醉了；下片以"残酒"开头，很是轻巧，似乎酒醉之后很久了，将醒未醒，顺势又引出一个"忆"字，将下片描写的内容一把拽入历史的回忆之中。只有仔细玩味，方能感受词人在章法上难以觉察的妙处和匠心。

2. 平行对照式

平行对照是指上下两片结构对称、章法相似，并列各写一情景，形成对照，互相衬托出一种共同意境。使用这种章法者，以双调的小令居多。分别举清词、宋词的例子：

长相思

[清]纳兰性德

山一程，水一程，身向榆关那畔行，夜深千帐灯。
风一更，雪一更，聒碎乡心梦不成，故园无此声。

上下阕章法相同，上阕写"夜深千帐灯"的壮阔意境，下阕抒"故园无此声"的细腻乡愁，以近乎白描手法形成鲜明对照。又如：

粉蝶儿·春雨
[清]张惠言

甚心情还自来小楼凝望？一丝丝、看他愁样。软东风、暂禁着、柳花飞扬。却无端、催着桃花飘荡。

者心情付春雨绕遍天壤。一丝丝、看侬愁样。是啼痕、染就了、万重烟障。问江南、芳草可还惆怅？

生查子
[宋]辛弃疾

去年燕子来，帘幕深深处。香径得泥归，都把琴书污。
今年燕子来，谁听呢喃语？不见卷帘人，一阵黄昏雨。

采桑子
[宋]吕本中

恨君不似江楼月，南北东西。南北东西。只有相随无别离。
恨君却似江楼月，暂满还亏。暂满还亏。待得团圆是几时。

张惠言词上下片以"甚心情""者心情"两相对照，句法、章法都基本相同。辛弃疾词也是并行结构，上下片以"去年""今年"形成时间上的对照。吕本中词以月喻人，上下片分别以"不似"和"却似"开头，这是章法上的平行对照，也是巧妙的勾连，反向相承。

3. 交融一体式

词还有一种特殊的过片方式：上下片不具有相对的独立性，而是交融一体。

虞美人·听雨
[宋]蒋捷

少年听雨歌楼上,红烛昏罗帐。壮年听雨客舟中,江阔云低、断雁叫西风。

而今听雨僧庐下,鬓已星星也。悲欢离合总无情,一任阶前、点滴到天明。

蒋捷词描写"少年""壮年""而今"三个年龄段听雨的心境差异,将三者置于两阙之中。其中上阕写了两个年龄段,下阙专写"而今",重点凸显老来的人生感悟。从章法来看,下阙为上阕的续写,上下阕无法分割,不具有相对的独立性。

破阵子·为陈同甫赋壮词以寄之
[宋]辛弃疾

醉里挑灯看剑,梦回吹角连营。八百里分麾下炙,五十弦翻塞外声,沙场秋点兵。

马作的卢飞快,弓如霹雳弦惊。了却君王天下事,赢得生前身后名。可怜白发生!

这是一首双调,上下片的词谱相同,但是上下片的内容却没有因为过片而形成"分水岭",下片还是上片的情景续写,继续描写沙场驰骋的豪迈。直到最后一句"可怜白发生"才陡然一转,顿入悲凉之境,从梦想坠入现实。换句话说,上下片接续九句写一意(当然有铺排和强化),结句另写一意，是一种上下片交融一体的章法。

总体来讲，词的章法千姿百态，不能穷尽。上下片的内容如何分配才算合理，上下片如何过片才能不粘不脱，要根据具体写作内容才能决定，不能机械套取某一方式。要在写作中对章法做到运用自如，就必须做到读写并举，在写作中实践，同时也要多读前人名篇，在阅读中感悟。唯其如此，方能日益精进。

常见疑问

写诗填词是不是都要从开头写起？

不一定！有些时候诗人可能是先想到了一个好句，而这个句子不一定适合放在开头，可以放在中间或结尾。这就要根据情况前后延展，然后成篇。其实，与写其他文章一样，诗词写作也可以"逆向写作"，可以先得句后成篇。

精选练习

1. 注意结合运用本讲所讲的章法，自拟题目写一首绝句或律诗。写成后与同好交流你在创作过程中对于章法的考虑。

2. 选一首双调的词牌填词，主题自选，在写作时结合本讲的内容注意上下阕的内容分工以及过片的方法。

第四讲　师古与创新

诗词创作如何适应和反映当代生活？这是一个必须思考的问题。格律诗词具有独特气质的意境美和形式美，这是值得我们珍视的传统。唐诗宋词的确创造了文学的高峰，然而，今天的诗词创作者也不必担心好的诗词在唐宋已经做完，因为新的时代完全可以让传统诗词焕发新的生机。当然首先我们也应该充分认识当代诗词创作面临的挑战，应对好挑战，从而让传统诗词为今人抒怀，为时代立言。

一、面临的挑战

客观而言，当代诗词创作面临着诸多现实的挑战。首先，是语言环境的变化。自五四新文化运动以来，文言文逐步退出写作领域，取而代之的是白话文。而诗词写作主要是文言写作。文言阅读和表达能力的普遍缺失，给今人的诗词写作提出了挑战。其次，是生活方式的变化。古典诗词的繁荣大体是以农业社会为基础的，表现的内容也多为乡村背景，体现的生活节奏也比较缓慢。而今天的人们已经进入到了工业社会、信息时代，飞机、高铁让生活的节奏不断加快，网络、微信、脸书让传播的方式也更为便捷和丰富。地球早已变成了"地球村",人们的认知视野和思维方式也发生了巨大变化。倘若无视这些变化,在诗词写作中还是表现千百年前那些陈旧的意象和意境,很容易让读者生厌。

如何才能让传统诗词创作适应现代生活?梁启超说:"欲为诗界之哥伦布、玛赛郎,不可不备三长:第一要新意境,第二要新语句,而又须以古人之风格入之,然后成其为诗。"一百多年前提倡"诗界革命"的梁启超在《夏威夷游记》中的话依然具有现实意义。

二、师古而不泥古

现代人学诗词首先要师古。首先是要熟练掌握格律规则,其次是要学习前人创作技艺,还要学习诗外功夫,修身养性,增强学识,提升格局。学写诗词与学习书法相似,首先得临帖、得摹古,只有先入古,才能有新变。有的人自以为聪明有才,不愿意受传统的"束缚",刻意求新,由于没有师古、入古,结果学得走形变样。这种人如果不端正心态,不"以才就范",终将难得要领。

当然,还要注意问题的另一面,我们强调师古但又不泥古。传统的形式可以表现新的生活,旧瓶可以装新酒。

浣溪沙·知秋

弄 影

几度烟花了若空,斜阳归后问西风。伊人斜倚小楼东。
不许新愁迷醉眼,好扶秋月入帘栊。浮生滋味淡然中。

这是当代词人弄影的词作。整首词的风格深得古韵，意象、意境多有传承，可以说师古较深。同时，词人在遣词造句方面又有自己的独创。"好扶秋月入帘栊"，"秋月""帘栊"是传统的意象，然而，着一"扶"字，新意顿出，巧妙地表现出半醉半醒的潇洒姿态。

单机巡海

魏新河

顿失家和国，三千此大千。
一杯倾作海，五岳小于拳。
行健知天窄，居高见月先。
侧身钓天地，何处有长竿。

诗人魏新河是空军战斗机飞行员，作有飞行系列诗词，这种题材在古人作品中不可能有。诗人用传统诗词的形式表现当代人的飞行体验，丝毫没有违和之感。"一杯"句用李贺《梦天》"一泓海水杯中泻"之典，用典也不露痕迹。

老 兵

舟长春

解甲已多年，山中二亩田。
新闻南海事，五指又成拳。

这首五绝将传统形式与当代题材结合得很完美。"南海事"即近些年中日钓鱼岛争端。只有二十字，把老兵生活和精神刻画得淋漓尽致，而且个体的小细节暗含的是爱国大主题。可见，传统诗词完全可以书写时代题材。

三、时语入诗

用时代话语写作，对于任何样式的文学而言都是一个不容回避的问题，诗词更不例外。其实古人在创作诗词过程中在尊重传统的同时也会注重吸收时代元素。晚清时期随着西学东渐，尤其是部分国人有了出国的机会，他们的诗词中就已经有了现代的词汇。笔者所看到的清代海外竹枝词，就有"火车""火轮船""大炮""医院"等现代词语，有的甚至还有英文的直接音译。

> 十丈宽衢百尺楼，并无城郭巩金瓯。
> 但知地上繁华甚，更有飞车地底游。

上面这首诗出自《观自得斋丛书别集》中的《伦敦竹枝词》，作者已佚，当属晚清人，其中有诗百余首，描写伦敦之所见。这首诗实际上描绘的是伦敦的城市风貌和地铁。伦敦地铁是世界上最古老的，于1856年开始修建，1863年投入运营。诗人到访英国应在1863年之后，当时看到的地铁属于非常新鲜的事物。他的另一首诗写道："五十年前一美人，居然在位号魁阴。""魁阴"一词是英语"queen"的音译。诗中所写当是英国的维多利亚女王，她生于1819年，于1837—1901年在位。

这些海外竹枝词对于新事物的描写和新语汇的运用，给当时的读者带来了新鲜感，但是它们在总体上又保留了诗词的格律和审美传统。这些创作经验值得今天的作者适当借鉴。

写诗词不能因为要尊重传统，就排斥时语入诗，否则就只能成为假古董。但是，时语入诗也需把握好度。如果过多过滥地使用白话语言和流行语言，就会变得油滑浅薄，与传统诗词的韵致和审美取向相去甚远。

胡适先生是五四新文化运动的倡导者，提倡用白话文写诗，模仿西方诗歌的表达方式，力图打破传统诗词的格律。为此他曾出版《尝试集》，然而这些尝试的新诗大多并不成功，有的甚至沦为时人和后人的笑柄。他有一首《两只蝴蝶》，形式上是五言八句，也还讲究押韵，可是通篇用白话入诗，而且不讲平仄、对仗等规则，结果导致诗味寡淡、油滑轻浮。兹录如下：

两只蝴蝶

胡 适

两只黄蝴蝶，双双飞上天。
不知为什么，一个忽飞还。
剩下那一只，孤单怪可怜。
也无心上天，天上太孤单。

另举一首当代人写的词作为例：

清平乐

让花欢笑，让石头衰老。让梦在年轮上跑，让路偶然丢了。
让鞋幻想飞行，让灯假扮星星。让碗钟情粮食，让床抵达黎明。

这是网络上的一首词,从平仄和押韵来看,基本符合词谱。然而,由于通篇使用白话文的词汇和句式,读者从中感受不到传统诗词的韵味和情致。其实,这基本上就是一种白话新诗的玩法,只是披上了一层格律的皮。

如何让古典的形式与现代语言尤其是现代俚语俗语、网络语言有机融合,这是一个值得探讨的问题。这里头,度的把握很关键。过多过滥或者过于随意,就容易产生违和感,甚至不伦不类。当然,时语入诗也有做得很成功的。民国的一批学者、作家如陈寅恪、鲁迅、郁达夫等为我们提供了很好的范例,值得我们学习。试举陈寅恪的一首诗为例:

忆旧居

陈寅恪

渺渺钟声出远方,依依林影万鸦藏。
一生负气成今日,四海无人对夕阳。
破碎山河迎胜利,残余岁月送凄凉。
松门松菊何年梦,且认他乡作故乡。

这是国学大师陈寅恪作于1945年4月的一首七律。此时日本侵略者已经表露出即将败亡的迹象,胜利在望,而诗人虽然有欣喜,但也有凄凉,因为自己已经年过半百,自己的残生将伴随满目疮痍的山河,想见此般情景,何忍面对?尤其是颔联表现了学者的清高,任性使气,情怀执着而处境孤独。诗中表现的是当时的历史境况和个人心态,传统的形式承载着现实的内容。其中有很多意象是传统的,但是诗人也大胆的运用了时代的语汇。譬如，颈联以"胜利"对"凄凉"，"胜利"一词算是现代词汇，在古典诗词中罕有使用。即便偶有使用，也是取"利""义"相对之意。如宋代邵雍《观物吟》"义不能胜利，自然多忿争"，其中的"胜利"与现代的"胜利"之意完全不同。陈寅恪的格律诗很好地做到了以传统形式表达现实生活，其中运用时代语汇比较慎重，一旦运用也非常得体，没有违和之感。

近于新浪开博借仰斋老游网诗韵自志

熊东遨

我亦狂人也，新安网上居。
远怀生雪后，幽趣得琴余。
盗梦诗成贼，巡河键作车。
小园终日敞，山色自分予。

当代诗人熊东遨先生的这首五律写自己网上开微博、网上写诗词的生活经历，属于非常现代的题材。上网、微博、键盘等现代意象都有出现，却做到了与传统体式的有机融合。

再来看一首当代人用新题材、新意象来写诗词的作品：

南歌子·周末网上算命

孟依依

抱枕人迟起，居家发懒梳。蓬头且作小妖巫，卜卜将来那个是儿夫。

已自心中有，如何命里无？刷新之后再重输，不信这台电脑总欺奴。

这首词写得清新俏皮,以"刷新""电脑"等时语填词,生动描绘了当代人的生活。

"文章合为时而著",当代人从事诗词写作的确要有为时代立言的意识,要有创新意识。与此同时,提创新,又要慎新。初学者应把师古摹古当作首要的方向,在夯实了传统的基础之后方能尝试创新。而且,即便是创新也要注意适度。对于时语入诗更要注重做到传统与现代的有机融合和有效平衡。

常见疑问

学习诗词写作,要不要大胆创新?

前面讲过,写诗填词要创新,更要慎新。对于初学者而言,更要注重师古。因为诗词本来就是传统的文学样式,不师古则难以生新。创新一方面是指要反映现实,描写现代生活;另一方面也指对于前人描写过的题材能够翻出新意,这也是创新。还有,诗词的创新不能老是纠缠突破格律、使用新韵等方面。如果不讲格律规则了,那就不是格律诗词了。还有新韵、旧韵的问题,两者可以并行,但是,我主张对于自己可以从严,对于别人可以从宽。

精选练习

请针对当前的网红或网购现象写一首诗词,注意处理好师古与创新的关系。

第四编 玩法

写诗填词少不了冥思苦想、独抒性灵，但也需要交流互动，激发灵感。孔子讲诗可以"兴、观、群、怨"，"群"讲的就是诗的交际与游戏功能。诗词写作不能闭门造车，否则会导致思维狭隘、灵感枯竭。事实上，自古以来优秀的诗人都非常注重在亲近自然、社会交往的过程中寻找创作灵感。李白、杜甫的很多佳作都是在游历天下的过程中激发出来的，很多唐诗宋词也是在唱和赠答和游戏竞技中产生的。莫言小道，实有大观。诗词游戏既具有娱乐性质，又具有创作训练的作用，绝不能将其视为雕虫小技。《论语》说："游于艺"。诗词创作是一门艺术，如果能做到在追求艺术的道路上享受游戏般的乐趣，才是真正的大道。

　　其实，玩法也是作法。本编将从动态写作学的角度来谈诗词的创作，其中所讲的各种酬答方式、游戏玩法，从本质上来看其实也是干货的作法。这一块内容很重要，而在以往的诗词写作类书籍中经常被忽视了。

第一讲　分韵

　　分韵赋诗多发生在宴会雅集之时，以诗会友、增进友谊。作诗时先规定若干字为韵，各人分拈韵字，依韵作诗，又叫"拈韵""赋韵"。

　　今人分韵，多选择一两句前人诗词名句来分，可以抓阄，也可以按照坐席方位或年龄次序来分配。分韵赋诗的规则是：谁分得某字，即以该字所在韵部为韵；而且该字本身必须作为韵脚之一，但不限句次。唐朝时诗人们在酒宴上分韵赋诗的玩法已经很流行。初唐四杰均有分韵的诗作，王勃与卢照邻曾经在三月三日参加曲水流觞雅集，而且有分韵诗传世，王勃诗题为《三月曲水宴得烟字》，卢照邻诗题为《三月曲水宴得尊字》，两首诗均为五言排律。为了便于读者更直观了解分韵赋诗的规则。下面以杜甫一首诗为例：

严公仲夏枉驾草堂兼携酒馔，得寒字

[唐] 杜甫

竹里行厨洗玉盘，花边立马簇金鞍。
非关使者征求急，自识将军礼数宽。
百年地辟柴门迥，五月江深草阁寒。
看弄渔舟移白日，老农何有罄交欢。

第四编　玩法　133

杜甫流寓成都时居住在草堂，仲夏时节的一天，好友严武带着仆从和酒肉来看望他。大家在草堂聚会，席间分韵赋诗。杜甫当时分得"寒"字。这样全诗就必须选用"寒"字所在韵部的字来押韵。这个韵部对应平水韵而言，就是"十四寒"。"盘""鞍""宽""欢"都在该韵部。

如果分得仄声字，那就要写仄韵诗。仄韵诗的格律规则与平韵诗相通，其作法规则在本书第一编讲仄韵诗的写作时已经讲过。试以笔者的一首分韵诗为例：

赠美国佛州冰河谷教授，得"字"字
侯立兵

> 萍踪何处逢，诗侣慕高谊。
> 闲淡我看鸥，纵横君骋骥。
> 词凭红叶题，愁赖清醪避。
> 为问佛州云，几时回雁字。

冰河谷教授在美国佛罗里达州的高校任教，2018年回中国省亲，广州诗友在天河设宴为之洗尘，席上八人以李清照的"雁字回时，月满西楼"分韵，我拈得"字"字。"字"是仄声，在平水韵中属"四寘"部。因此，写了一首仄韵五律。

由于押韵受到限制，而且一般要贴近当时交际的具体情形，所以这种创作还是很有挑战性的。经常参加这种游戏，是很有利于提高诗词写作水平的。

今人分韵赋诗也有不限体裁者，或诗或词各自任选；也有不限主题者，只要用韵规则符合即可。拈得仄声字的还

可写词，因为词中押仄韵的不少。这实际上放宽了要求，让写作的束缚减少了一些。

精选练习

请邀集三五个同学或同好，分韵赋诗，主题为咏某种植物，具体植物由大家商定。

鲁迅《自录旧作赠柳亚子》238×53.8cm，1932年，北京鲁迅博物馆藏。

释文：
运交华盖欲何求，未敢翻身已碰头。
破帽遮颜过闹市，漏船载酒泛中流。
横眉冷对千夫指，俯首甘为孺子牛。
躲进小楼成一统，管他冬夏与春秋。

诗人常以诗词赠答，此种风尚至民国仍盛行。1932年10月5日郁达夫宴请鲁迅、柳亚子等文友，席间柳请鲁赐墨，鲁以旧作《自嘲》题赠。并附跋："达夫赏饭，闲人打油。偷得半联，凑成一律。请亚子先生教正。"据胡冰考证，所谓"偷得半联"是指诗中第三句是借用清末民初南社诗人姚鹓雏的诗句"旧帽遮颜过闹市"。

第二讲　唱和

唱和（hè），又称酬唱。诗人有唱和的传统，表现了诗词的交际功能。唐代元稹和白居易的《元白继和集》（已佚）、皮日休和陆龟蒙的《松陵集》，还有宋初的《西昆酬唱集》都是很有影响的唱和诗集。从首唱与和诗的用韵形式来看，唱和可分为和韵与不和韵两大类，和韵者又可分成步韵、用韵和依韵三种形式。

一、不和韵

刘禹锡有一首诗很有名，被选入中学语文课本，题目叫做《酬乐天扬州初逢席上见赠》。其实，要真正读懂这首诗还得参读白居易的一首诗《醉赠刘二十八使君》。教学的时候，应该将这两首放在一起来读。这才是有效鉴赏的"正确的打开方式"。因为这是一对姊妹篇，是唱和诗。当时的情形是两位诗人在扬州见面了，此时刘禹锡在巴楚一带已经被贬谪了二十三年。白居易在席上题诗赠给刘禹锡，借以表达对刘的同情。刘禹锡回赠了此首，一反白居易的哀悯同情笔调，展现出一种不向命运低头的诗豪情怀。

醉赠刘二十八使君

[唐] 白居易

为我引杯添酒饮，与君把箸击盘歌。
诗称国手徒为尔，命压人头不奈何。
举眼风光长寂寞，满朝官职独蹉跎。
亦知合被才名折，二十三年折太多。

酬乐天扬州初逢席上见赠

[唐] 刘禹锡

巴山楚水凄凉地，二十三年弃置身。
怀旧空吟闻笛赋，到乡翻似烂柯人。
沉舟侧畔千帆过，病树前头万木春。
今日听君歌一曲，暂凭杯酒长精神。

这两首唱和诗，体式一样，都是七律，可是各自的用韵不同。这种和诗不和韵的方式相对比较自由。有一个关键问题在写作时要注意，那就是凡是唱和诗必须与首唱的原诗在主题上有关联，不能自说自话。否则，就不是唱和了。

二、步韵

步韵，又叫次韵，和韵的一种。即和他人的诗词，要用原作的韵和韵脚，且韵脚字的前后次序相同。譬如，原作的韵用"东、通、红"，和作的韵也只能用"东、通、红"，次序不可以变化。

梦微之

[唐] 白居易

晨起临风一惆怅,通川溢水断相闻。
不知忆我因何事,昨夜三更梦见君。

酬乐天频梦微之

[唐] 元稹

山水万重书断绝,念君怜我梦相闻。
我今因病魂颠倒,惟梦闲人不梦君。

微之,是元稹的字。白居易的原诗第二、四句押韵,韵脚字分别为"闻""君"。元稹步韵和诗,韵脚字相同,而且位置次序也相同。可见,步韵和诗的难度较大。元白的这组唱和达到了较高的艺术水准,尤其是元稹的和诗,既回应了朋友的关心之意,又在轻松调笑间翻出了新意。我们说,诗词唱和可以增进友谊,于此可见一斑。

三、用韵

用韵,即和他人的诗词,用原作的韵和韵脚字,但韵脚字的次序不必与原作相同。譬如,原作的韵用"东、通、红",和作的韵可以用"红、通、东",次序可以变化。试以当代网络诗人"老街味道"和唐人王之涣的诗为例:

登鹳雀楼

[唐] 王之涣

白日依山尽,黄河入海流。
欲穷千里目,更上一层楼。

用韵和王之涣登鹳雀楼

老街味道

山川酬胜迹,绝唱馈名楼。
人物俱湮灭,风标万古流。

王之涣这首诗五绝,韵脚字是"流、楼",分别在第二句和第四句,"老街味道"的这首诗与王之涣的诗韵脚字相同,不过次序不同。这就是用韵。

四、依韵

依韵,也是和韵的一种。即和他人的诗词,韵脚字只要求与原诗同韵而不必同字。譬如,原作的韵用"东、通、红",属于平水韵"一东"部,和作的韵不必用"东、通、红"这几个字作韵脚,可以用"一东"韵中的"中、公、空"等其他字。

感 鹤

[唐] 白居易

鹤有不群者,飞飞在野田。饥不啄腐鼠,渴不饮盗泉。
贞姿自耿介,杂鸟何翩翻。同游不同志,如此十余年。

一兴嗜欲念，遂为矰缴牵。委质小池内，争食群鸡前。
不惟怀稻粱，兼亦竞腥膻。不惟恋主人，兼亦狎乌鸢。
物心不可知，天性有时迁。一饱尚如此，况乘大夫轩。

和乐天感鹤

[唐] 元稹

我有所爱鹤，毛羽霜雪妍。秋霄一滴露，声闻林外天。
自随卫侯去，遂入大夫轩。云貌久已隔，玉音无复传。
吟君感鹤操，不觉心惕然。无乃予所爱，误为微物迁。
因兹谕直质，未免柔细牵。君看孤松树，左右萝茑缠。
既可习为饱，亦可薰为荃。期君常善救，勿令终弃捐。

这是白居易与元稹唱和的两首诗，元稹就是依韵和诗。

拓展阅读

要注意的是，古人作诗拟题时对"步韵""依韵""用韵"这些概念的区分未必那么严格，有时候题目中写有"依韵"、"用韵"等字样，而其实指的也是"步韵"。如宋代胡宿（字武平）作有《九月十五夜北楼望太湖》，梅尧臣唱和有《依韵和武平九月十五日夜北楼望太湖》，经过比读，其实是步韵和诗。这一点在古人的诗题中比较常见，我们在阅读的时候要注意区分，才不至于糊涂。

精选练习

请邀集几位同学或同好,以书写中国某个传统节日为题,开展唱和诗的写作。首唱的诗作可以由你们中的某个人完成,也可以从前人作品中选择一首写节日的诗。每人完成步韵、用韵、依韵和诗各一首。在写作过程中,注意遵守相应的规则。

第三讲　限题

前面讲的分韵、和韵，总的来说都是限韵赋诗。下面接着讲限题赋诗。分题赋诗，或同题赋诗，是诗词的另一种玩法。总的来说都是对题目进行限定。古代诗人雅集，常以此助兴，这是一种游戏方式，也是一种创作方式。

一、赋得体

古人命题赋诗，有一种方式就是借用前人诗句或者成语来命题。以这种方式写成的诗叫作"赋得"体，诗题常常冠以"赋得"二字。"赋得"的后面一般就是题咏的对象，或是某种事物（如《赋得乐器箜篌》《赋得马》）；或是某个人物（如《赋得苏武》）；或是前人的某句诗词，例如，南朝孔范的《赋得白云抱幽石诗》，题中诗句就取自他的前辈诗人谢灵运《过始宁墅》诗中的"白云抱幽石，绿筱媚清涟"。

唐代以前就有了很多以"赋得"为题的诗，唐宋以后诗人们也沿袭了这一传统。赋得体实际上是一种命题或者限题写诗的方式，多用于朋友雅集游玩助兴，唐以后也用于科举考试中的试帖诗。

赋得古原草送别

[唐]白居易

离离原上草,一岁一枯荣。
野火烧不尽,春风吹又生。
远芳侵古道,晴翠接荒城。
又送王孙去,萋萋满别情。

白居易的这首诗就是他十六岁时的应考之作。按科场考试规矩,凡指定、限定的诗题,题目前加"赋得"二字,作法与咏物相类,必须贴近题意,起承转合要分明,对仗要精工,方称得体。既然是以"古原草送别",那么诗作必须紧扣"古原""草""送别"等题意。束缚如此之严,故此体向来少有佳作。这首作品空灵浑成,实属难得。有的语文课本选用这首诗时只节选了前面四句,实际上这种断章的方法也截断了诗题的原义,后四句的"送别"之意硬生生给弄丢了。有的在截取前四句后将诗题改为"草",算是差强人意。

其实,上述科场上的试帖诗就是一种限题,也算是一种同题赋诗。只是这种同题诗是在考场多人同时进行的,由于场地、时间限制,又加之场上有监考的,比较宴会、雅集而言,气氛更为紧张。

不过即便不是正式考试,同题赋诗也是一种竞争性的诗词创作游戏。通过这种游戏可以比较参与者的才华与灵气。多参与这种诗词游戏,其实也有利于提升诗词写作能力。

再举一首清诗为例:

赋得落日楼台一笛风

[清]张廷璐

余霞散漫晚烟浮,长笛风前响欲流。
几点鸦归远村树,一声人倚夕阳楼。
梅花早向江城落,杨柳曾传绝塞愁。
何似神仙骑鹤背,凌空吹彻万山秋。

这首诗的题目出自杜牧《题宣州开元寺水阁阁下宛溪夹溪居人》的颈联"深秋帘幕千家雨,落日楼台一笛风",要求主题和立意都要围绕"落日楼台一笛风"这句话来进行。通观全篇,诗人不仅把"落日""楼台""笛""风"等关键意象都写到了,而且整体意境也非常契合题旨。不难看出,对于这一限制性的题目诗人完成的质量是相当高的。

二、分题赋诗

分题赋诗一般是在现场多人各领一题进行创作,所作必须切题,而且一般需要限时现场完成。这实际上也是一种作诗的竞技游戏。在《红楼梦》"元妃省亲"一回中,元妃参观完大观园之后,自己先题了一首七绝,然后要求姊妹们各作一首诗分别题写园中的各种匾额,而且要当场完成。这其实就是分题赋诗的玩法,当然,这也是典型的应制诗。不同的匾额名称实际上就是被限定了的题目,所写诗作必须与相应的匾额切合。

各位姊妹相继完成了自己的作品，林黛玉、薛宝钗受到元妃的高度评价："终是薛、林二妹之作与众不同，非愚姊妹可同列者。"林黛玉完成自己的作品后，再看贾宝玉尚未完成。原来贾宝玉领受了三首的任务，才写完其中两首。于是林黛玉便悄悄帮他写了第三首"杏帘在望"。元妃看了宝玉的三首，称赞他诗艺果然有了很大进步，又指着"杏帘"一首评价说是三首之冠。这个细节很好玩，曹雪芹在这里是要凸显黛玉的诗才不凡。她代笔的这首虽是应酬之作，却造语自然，格调不凡，即便是应制颂圣也不露斧凿之痕。兹录如下：

杏帘在望

杏帘招客饮，在望有山庄。
菱荇鹅儿水，桑榆燕子梁。
一畦春韭绿，十里稻花香。
盛世无饥馁，何须耕织忙。

三、反向限题

古人为诗，有些意象比较常用，这样也导致某些字词在诗中会频繁出现，成为我们今天所说的高频词，譬如"风、花、雪、月、云、水、诗、酒"之类。读得多了，也就容易审美疲劳了。为了避免此种情况，在命题或限题赋诗过程中就出现了一种新的玩法——我把它叫做反向限题。前文所讲的限题方式，是限定要写什么，而"反向限题"则是限定不要写什么。乍一听，你可能会觉得这种限制似乎并不难。事实上，对于经常写"风花雪月"的诗人来说，你若突然限制不能写"风花雪月"了，可能会让他感到无从下笔。

欧阳修《六一诗话》就记载了这样的故事。

北宋时期有九位诗僧，都是作诗的好手，经常在一起写诗唱和，当时还出了一本很有名的集子，叫做《九僧诗》。其中领头者之一名叫惠崇，也就是苏轼曾经为他写过题画诗《惠崇春江晚景》的那一位。当时有一个进士名叫许洞，是个俊逸之士，也写得一手好诗。有一天，他刚好遇见惠崇这九位诗僧在分题赋诗，于是赶紧叫暂停。他拿出一张纸，对大家约定说："不得犯此一字。"大家打开一看，纸上写着"山、水、风、云、竹、石、花、草、雪、霜、星、月、禽、鸟"之类。也就是说，这些字一律不得写入诗中。见此情形，各位诗僧面面相觑，都搁下了笔。怎么啦？没法写了。因为他们作诗常年多是描写山水景物和闲情逸致，在题材范围上已然有了作茧自缚的习惯了。许洞提出的这种新玩法，实际上就是反向限题。用这种玩法写出来的诗，古人称作"禁体诗"，当然，词也可如此玩法。这也提醒后世的诗词作者要不断拓宽创作视野，不可陷入题材的俗套和意象的窠臼。

四、三合一玩法：限题、限体、限韵

诗词的玩法中，还有一种是集限题、限体、限韵于一体的，难度系数很高，是一种难度加强版的综合玩法。

《红楼梦》中就有此种玩法。大观园里的才子佳人都会写诗填词。大家一高兴,还成立了一个诗社,名曰"海棠诗社",社长是李纨,副社长是迎春和惜春。第三十七回,海棠诗社成立当天,大家就以白海棠为题作诗。

为了增加游戏的难度,除了限题,社长们还想了很多招——限体、限韵。如何限体、限韵呢?社长们也懒得费脑,用了一种非常随机的方法来决定。只见贾迎春随手从书架上取出一本诗集,打开第一页,是一首七言律诗,就规定大家用七律来写。她看到一个丫鬟依靠着房门,就说用"门"字韵,诗的第一句末尾一字必须用"门"字。七律总共八句,那么另外几句该用什么韵字呢?古代有特制的韵牌匣子,每个匣子各装着一个韵部的牌子,每个牌子上刻着一个韵字,"门"字韵属于"十三元"这个韵部,丫鬟像拈阄一样随手从"十三元"的匣子中取出"盆""魂""痕""昏"四个字,依次用作第二句、第四句、第六句、第八句的韵脚。这样五个韵脚字就均被事先锁定。

这种创作活动,限题、限体、限韵,还要限时、限现场完成,而限韵也不是一般的限韵,是随机"拈"出来的韵,五个韵脚字全部锁定,可见难度相当之大,堪称是写诗的极限挑战了。

贾探春、薛宝钗、贾宝玉、林黛玉、史湘云写的《咏白海棠》各有千秋,抒发各自的内心情感,但她们所用的韵字以及相应的位置都是一样的。把这些人的诗联合起来看,有类似于前文讲过的步韵赋诗了,只不过这里的韵是被随机"拈"出来的。在现场提交的所有诗作之中当属林黛玉之作更高一筹:

咏白海棠

半卷湘帘半掩门，碾冰为土玉为盆。
偷来梨蕊三分白，借得梅花一缕魂。
月窟仙人缝缟袂，秋闺怨女拭啼痕。
娇羞默默同谁诉，倦倚西风夜已昏。

精选练习

1. 请邀集几个同学或同好，以"咏支付宝"或"咏微信"、"咏抖音"为题开展同题写作。如果要增加难度，可以辅之以限韵。

2. 请为学校、公司或单位的某栋建筑题写一首诗，要求所写内容切合该建筑的功能和特点。

第四讲　联句

联句是格律诗创作的一种特殊方式,即两人或数人围绕某一主题,依次相继属句,联成诗篇。联句相传起源于汉武帝与群臣的柏梁台联诗。据说汉武帝时造了一座柏梁台——以香柏为梁,故称柏梁台。武帝设宴于台上,叫君臣联句成诗,能作的方得上座。参加者共二十六人,作的是七言诗,每人一句,每句押韵。柏梁台联诗,句句都押韵,而且不避重韵,后人称之为柏梁体。

唐宋以后诗人联句,一般都是格律诗,两句一韵,首句可入韵也可不入韵。试以唐代诗僧皎然与友人潘述的一首联句为例:

喜昼公寻山回相遇联句一首

几年无此会,今日喜相从。——潘述
后夏仍多病,前书达几封。——皎然
水华迎暮雨,松吹引疏钟。——皎然
出谷随初月,寻僧说五峰。——潘述

联句要注意两个问题:一是虽是多人合作,但必须围绕一个主题。二是必须符合格律诗的规则。这首诗由潘述、皎然二人每人两句（一联），依次循环完成。第一个人潘述开头，第二句的尾字"从"就决定了全诗押"二冬"韵。有时多人合作，也可以连缀成排律。由于篇幅长，要用的韵字也会较多，因此，第一个出句定韵的人就要注意了，一般不宜选择太窄的韵。因为韵太窄，可供选择韵字少，不利于联句的扩展。

联句时，一般是一韵一换人。如果是首句入韵，第一人只先起第一句，第二句、第三句交由第二人完成。以此类推循环，轮至最后一人完成最后一句。故宫博物院藏有明代诗人唐寅自书的联句诗，参与联句的另外二人是沈寿卿、吕叔通。兹引如下：

> 寒林春色满深杯，——吕
> 便觉烘烘暖意回。
> 紫蟹红虾堪入馔，——沈
> 难酬险语更书灰。
> 百年邂逅风尘阔，——唐
> 一叙从容颜色开。
> 莫讶萍踪无定所，——吕
> 别来还许寄江梅。——沈

精选练习

1. 请从古代诗词中再找出一两个联句的案例，并分析其创作的规则。
2. 请和诗友自定主题，尝试玩一玩联句的游戏。

唐寅行书录与沈寿卿、吕叔通联句册页，纵30.7厘米，横33厘米，故宫博物院藏。

落款：正德庚午，仲冬廿有四日，嘉定沈寿卿、无锡吕叔通、苏州唐寅邂逅文林，舟次酒阑，率兴联句，皆无一字更定。见者应不吝口齿，许其狂且愚也。唐寅书。

第五讲　集句

集句是一种特殊的作诗方式，也是一种很有挑战性的"玩法"。通过截取前人的诗词成句，组合成一首诗。也有用集句的方式写词、写联的。其基本规则是，截取前人诗词时，每首只能选取一句，各句拼接要符合诗词格律，要做到浑然一体。好的集句不仅符合诗词的平仄、押韵等形式要求，还必须紧扣主旨、意脉贯通。清人沈雄《古今诗话》说集句要做到"切合题意，情思连续，句句精美、打成一片"。既要博闻强记、拼接无痕，又要宛若己出、浑然天成，当然相当不易。集句其实是一种艺术再创作，通过集句者的巧思匠心让原有的诗词成句增加新的意蕴，令人玩味。

更有难度的"玩法"是只从一代、甚至一家诗人的作品中来集句。譬如，从唐诗中集句，称"集唐"；从杜甫诗中集句，称"集杜"。由于选择范围更小，所以难度更大。

为说明有关规则，试以笔者的一首集句诗为例：

孟秋夜与常德故友于珠江叙旧

侯立兵

烟火暮凄凄，乡心向此迷。
日斜蛟弄影，潮落蚌生泥。

对酒秋花尽，弹棋山月低。
西风昨夜梦，疑是武陵溪。

笔者系湖南常德人，现居广州。家乡老朋友来广州，在珠江宴饮后，我写了此首集句诗相赠。八句诗依次集自：清屈大均《硖石道中》、唐崔涂《申州道中》、宋舒岳祥《次和杉棚》、宋梅尧臣《淮上杂诗六首其三》、宋连文凤《晚步》、唐岑参《澧头送蒋侯》、清陈恭尹《秋晚杂兴八首其三》、清王松《村居偶得》。此外，席间分韵，我得"泥"字，因此用了"八齐"韵。常德古称武陵，故有尾句。这首集句诗，虽不敢妄称佳作，但是基本做到了浑然一体、宛自己出。

除了集句诗，还有集句词。例如：

风入松·集句题旧琴与疏影韶华图
穿越梅岭

影儿憔悴浸春池，此恨谁知。红颜可逐春归去？不堪听、零乱成堆。留住卖花人问，踏来几寸银泥？

落花芳草步迟迟，背地沉迷。明朝花落知多少，太匆匆、落了辛夷。又见东风吹遍，天涯几度书回？

这是当代诗人穿越梅岭的一首集句词。词句分别集自：清代黄景仁《丑奴儿慢·春日》、宋代秦观《画堂春》、明代王微《捣练子》、五代李珣《酒泉子》、董士锡《忆旧游》、明代彭孙贻《霜天晓角·卖花用竹山摘花韵》、明代邵梅芳《西江月·咏雪》、清代朱彝尊《渔家傲》、明代俞琬纶《桂枝香·古镜》、宋代毛滂《忆秦娥·二月二十三日夜松轩作》、宋代陈纪《倦寻芳》、明代高启《石州慢·春感》、明代支如增《如梦令·春风》、明代夏完淳《鱼游春水·春暮》。词中句子均采自前人词句，却意脉贯通，浑然天成。

现存最早的集句，为西晋傅咸的《七经诗》。后人多有沿袭，渐成风气。集句诗在宋代最为盛行。这时，由于格律诗体式已经成熟，而且有前朝大量诗歌的丰富遗产，集句便成了诗人写作的风尚，像王安石、苏东坡、文天祥、辛弃疾、黄庭坚、晁补之等诗词家都有大量的集句诗作。尤其是王安石，他的集句诗相当多，其中有的长篇排律多至百韵二百句。

送张明甫

［宋］王安石

觥船一棹百分空，十五年前此会同。
南去北来人自老，桃花依旧笑春风。

这是王安石写的一首七绝送别诗，全篇平仄、用韵遵循规则，而且起承转合章法老道、浑然天成。读起来，宛然就是自己独立创作的一首诗。其实，这是一首集句诗。首句集自杜牧《题禅院》、次句集自晏殊《金柅园》、第三句集自杜牧《汉江》、第四句集自崔护《题都城南庄》。

宋人也好以集句填词。苏轼曾作有多首《南乡子》集句，选其一为例：

南乡子·集句

[宋] 苏轼

怅望送春杯。渐老逢春能几回。花满楚城愁远别,伤怀。何况清丝急管催。

吟断望乡台。万里归心独上来。景物登临闲始见,徘徊。一寸相思一寸灰。

这首词当作于东坡被贬谪黄州之时,黄州即为楚城,借伤春思乡之感抒发政治失意之怀。与东坡素有的豪放旷达风格不同,这首词展现的是内敛绵邈的风格。"怅望"句取自杜牧《惜春》,"渐老"句取自杜甫《绝句漫兴九首其四》,"花满"句取自许浑《竹林寺别友人》,"何况"句取自刘禹锡《洛中送韩七中丞之吴兴》,"吟断"句取自李商隐《晋昌晚归马上赠》,"万里"句取自许浑《冬日登越王台怀归》,"景物"取自杜牧《八月十二日得替后移居雪溪馆因题长句四韵》,"一寸"句取自李商隐无题诗"飒飒东风细雨来"诗句。

元以后,集句诗被引进到戏曲的创作中,特别是明清的折子戏,常以集句诗为每折戏的结束语,像汤显祖的《牡丹亭》,总共五十五出戏,而里面的集句诗就有五十四首之多。例如,入选高中语文教材中的《闺塾》一出,尾声便是以一首集句诗来结束的。

〔旦〕也曾飞絮谢家庭，（李山甫）
〔贴〕欲化西园蝶未成。（张泌）
〔旦〕无限春愁莫相问，（赵嘏）
〔合〕绿阴终借暂时行。（张祜）

这出戏末尾杜丽娘、春香念的这四句诗，原作者分别是唐代的李山甫、张泌、赵嘏、张祜。汤显祖将这些诗句拼集在一起，暗示杜丽娘经过重重阻隔最终冲出家庭牢笼的结局，与戏曲的情节走向十分契合。可见，集句也为戏曲增色不少。

精选练习

1. 请从古代诗词中再找出一两个集句的案例，并分析其创作的规则。

2. 请尝试玩一玩集句的游戏。如果集句成诗有难度，可以先集句成一副对联。五言、七言均可。

第六讲　回文诗词

回文诗，顾名思义，就是既可以顺着读又可以倒着读的诗。回文诗以趣味性强，写作难度大而著称，由此经常引得古代文人尝试挑战此种诗体。在中国文学史上，诗、词、曲、联、赋均有回文体的作品，本书先聚焦回文诗词。回文诗有多种形式，如"通体回文""就句回文""双句回文""本篇回文""环复回文"等。

一、通体回文

通体回文诗，是指一首诗从末尾一字读至开头一字另成一首新诗。

苏轼的《题金山寺》就是一首回文诗。当年苏轼因为反对新法，与王安石政见不合，自请离京外放，贬为杭州通判。在路过金山寺的时候，借景抒情，写下了这首诗：

题金山寺

[宋] 苏轼

潮随暗浪雪山倾，远浦渔舟钓月明。
桥对寺门松径小，槛当泉眼石波清。

迢迢绿树江天晓,霭霭红霞海日晴。
遥望四边云接水,碧峰千点数鸥轻。

回　文

轻鸥数点千峰碧,水接云边四望遥。
晴日海霞红霭霭,晓天江树绿迢迢。
清波石眼泉当槛,小径松门寺对桥。
明月钓舟渔浦远,倾山雪浪暗随潮。

顺着读,倒着读,都是七言律诗,描写了金山寺的两种不同的画面,而且意脉贯通,出于天然,没有斧凿之痕。从中可以看出诗人非凡的文字驾驭能力。

当代诗人陈楚明的《衢州山中晨起》也是一首优秀的回文诗。

衢州山中晨起

陈楚明

空山一望野云横,树绕浮烟交陌平。
风起自开初晓露,日升欲见半高城。
通幽远径立松柏,坐久晨檐过燕莺。
中道古来行曲曲,蓬蒿看处落飞英。

回　文

英飞落处看蒿蓬,曲曲行来古道中。
莺燕过檐晨久坐,柏松立径远幽通。
城高半见欲升日,露晓初开自起风。
平陌交烟浮绕树,横云野望一山空。

二、就句回文

就句回文,是指一句内完成回复的过程,每句的前半句与后半句互为回文。

春 闺

[清]李旸

垂帘画阁画帘垂,谁系怀思怀系谁。
影弄花枝花弄影,丝牵柳线柳牵丝。
脸波横泪横波脸,眉黛浓愁浓黛眉。
永夜寒灯寒夜永,期归梦还梦归期。

三、双句回文

双句回文,是指下一句为上一句的回读。如宋苏轼、清纳兰性德的回文词《菩萨蛮》:

菩萨蛮·回文夏闺怨

[宋]苏轼

柳庭风静人眠昼,昼眠人静风庭柳。香汗薄衫凉,凉衫薄汗香。

手红冰碗藕,藕碗冰红手。郎笑藕丝长,长丝藕笑郎。

菩萨蛮

[清]纳兰性德

客中愁损催寒夕,夕寒催损愁中客。门掩月黄昏,昏黄月掩门。
翠衾孤拥醉,醉拥孤衾翠。醒莫更多情,情多更莫醒。

四、本篇回文

本篇回文，是指一首诗词本身完成一个回复，即后半篇是前半篇的回复。有一首佚名的本篇回文诗，题为《万柳堤即景》，相传出自湖北咸丰县。

万柳堤即景

春城一色柳垂新，色柳垂新自爱人。
人爱自新垂柳色，新垂柳色一城春。

五、环复回文

环复回文，是指先连续至尾，再从尾连续至开头。这种回文诗，有的也把它叫作循环诗。

赏 花

［宋］苏轼

赏花归去马如飞，去马如飞酒力微；
酒力微醒时已暮，醒时已暮赏花归。

这首绝句的每句后面几个字都是下一句开头几个字，依次推演，第四句的最后三个字又成了第一句开头的三个字。就这样，四句诗完成了一个奇妙的循环，形成闭合，恰如用文字画了一个圆，真是奇妙无比。

明代浙江才女吴绛雪所写的四首往复叠字回文四时诗，每首仅十字，往复回读，却成了二十八字的七绝诗。兹录如下：

春

莺啼岸柳弄春晴,柳弄春晴夜月明。
明月夜晴春弄柳,晴春弄柳岸啼莺。

夏

香莲碧水动风凉,水动风凉夏日长。
长日夏凉风动水,凉风动水碧莲香。

秋

秋江楚雁宿沙洲,雁宿沙洲浅水流。
流水浅洲沙宿雁,洲沙宿雁楚江秋。

冬

红炉透炭炙寒风,炭炙寒风御隆冬。
冬隆御风寒炙炭,风寒炙炭透炉红。

四首绝句都用环复回文体,格律严谨,而且情景描写四季分明,结构转接无痕,流畅自然。其写作的难度系数非常之高,堪称回文诗的袖中珍品,诗人不愧为大才女。

回文诗充分利用了汉语以单音节语素构词和以语序为重要语法手段的两大特点,读来回环往复,绵延无尽,给人以荡气回肠的美感。诗词的这种玩法,虽然多少带有游戏的成分,但是,足见作者非凡的遣词造句功夫,非有大才者不能为之。民国学者刘坡公《学诗百法》说:"回文诗反复成章,钩心斗角,不得以小道而轻之。"所以,学习回文诗对于深悟诗词作法、感受格律魅力是大有裨益的。

拓展阅读

相对于回文诗而言，回文词比较少见。原因就在于很多词的句式是长短不一的，不好回文。前文讲的"双句回文"例举了苏轼、纳兰性德的回文《菩萨蛮》，因为这个词牌由一对七字句，三对五字句组成，作回文词比较容易操作。那么，历史上有没有句式参差的词牌被写成通体回文词的情况呢？有的。只是这种回文词在回读的时候，需要对句子的句读酌情进行调整。北宋王齐愈曾作有通体回文《虞美人》，引得后人多有效仿。为方便读者体会其中奥妙，现将其作品录如下：

虞美人·寄情
[宋]王齐愈

黄金柳嫩摇丝软。永日堂堂掩。卷帘飞燕未归来。客去醉眠敧枕、孇残杯。

眉山浅拂青螺黛。整整垂双带。水沈香熨窄衫轻。莹玉碧溪春溜、眼波横。

回　文

横波眼溜春溪碧，玉莹轻衫窄。熨香沈水带双垂，整整黛螺青拂、浅山眉。

杯残孇枕敧眠醉，去客来归未？燕飞帘卷掩堂堂，日永软丝摇嫩、柳金黄。

精选练习

清代诗人黄伯权曾经作有一首《茶壶回文诗》:"落雪飞芳树,幽红雨淡霞。薄月迷香雾,流风舞艳花。"除了常见的回文诗的读法之外,据说此诗还有多种阅读方式,请你尝试破解其中的机关,看能否有所发现?

第七讲 辘轳体

辘轳体，诗体的一种，也是律诗创作的一种特殊方式，带有游戏的味道。这种玩法，一般要求写五首律诗，形成一组，各首均有一句相同。这个公用句，分别依次用作五首诗的第一、二、四、六、八句。或者，作绝句四首，公用句分别依次作为四首诗第一、二、三、四句，公用句若是放在第三句，则需换韵；若作绝句三首，公用句则依次作为三首诗的第一、二、四句，无需换韵。因为诗的韵律如水井之辘轳架旋转而下，故名辘轳体。

试以90后网络诗人"公子拙词"的一组辘轳体诗为例：

一

腹有诗书气自华，几多寒夜挑灯花。
一朝金榜题名日，且托余生付帝家。

二

谋安百战定黄沙，腹有诗书气自华。
帷幄运筹皆默妙，横刀勒石守疆涯。

三

亭前翻阅轩窗冷，来晚寻芳仍寂影。
腹有诗书气自华，箪壶瓢饮谁知省。

四

锦字琴笺覆玉纱，疏窗雅阁对幽花。
相思暗种知何处，腹有诗书气自华。

这组诗由四首七言绝句组成，以苏轼的诗句"腹有诗书气自华"为公用句，依次作为各首的第一、二、三、四句。第一、二、四首，都是平声韵，属于平水韵"六麻"部，第三首，换成了仄韵诗，属于平水韵上声"二十三梗"。因为押平声韵的绝句的第三句尾字必须是仄声，第三首用的公用句的尾字是平声，所以只有换仄声韵。根据一般规则，也可以只写三首，以公用句作为第三句的这首可以不要。

辘轳体的这种玩法，有助于学诗者熟练掌握格律规则，有兴趣的可以尝试一下。但要注意一个问题，辘轳体写的是一组诗，因此各首需要有一个共同的主题。以上这组诗的主题是写各种人物，应该说主题是相对集中的。有些人在写辘轳体的时候，组诗中的各首自说自话，各讲各的，那就没多大意思了。

此外，还要区分一个概念，古人作诗所讲的辘轳体又常有另外一种含义，指押韵方式的变通，通常是指律诗中的押韵采用邻韵通押的方式。通俗地讲，一首律诗四个韵脚，甲乙两个邻韵，交替叶韵。这一点本书第一编讲诗律的时候曾经谈到过。

城上野步用辘轳体
[宋] 杨万里

守劲无遣暖，晴行失老怀。
叶飞枫骨立，萍尽沼乔开。
路好仍回首，泥残敢放鞋。
登临不须尽，留眼要重来。

这首的题目标明了辘轳体，显然是指用韵上的变通，"怀""鞋"属于"九佳"，"开""来"属于"十灰"，两个韵部轮流使用。

所以，当我们读到前人的诗题有"辘轳体"，或者遇到人家说"辘轳体"的时候，首先要注意区分具体是指哪一种概念，避免犯糊涂。

精选练习

请自定主题写一组辘轳体的绝句，五言、七言均可。

第八讲　连珠体

连珠体，也是一种带有游戏意味的诗歌创作方式。根据笔者的考察，这种玩法大约出现在宋代以后，以宋代和明代留存的相关作品较多，其中又以七绝和七律居多。连珠体的玩法具体可以分为三种，根据不同的体式特点和要求，笔者将其分别命名为"当句重字式"、"首尾顶针式"和"双字重复式"。现逐一说明如下：

一、当句重字式

所谓当句重字式的连珠体，是指在一首诗的各句之中各有一个字在本句之中出现两次。例：

戏效连珠叠韵体

［宋］陈棣

溯流迟涩须流轻，石岸崎岖沙岸平。
高树影藏低树影，前滩声掩后滩声。
飞禽飞去语禽语，归客归休行客行。
望断谁怜魂欲断，诗成转觉梦难成。

读者只要稍加留意，便不难发现在上面这首诗的八句之中，"流""岸""树""滩""禽""客""断""成"

八个字依次在各句之中出现了两回。有意思的是，诗人故意让前六句的重字均出现在各句的第二和第六的位置上，只是到了尾联两句字位发生了一些变化。具体创作时，应该不需要固定重字出现的字位，而只要求当句有一个字重复出现即可。因为尚难找到更多例证，此类连珠体的具体写作规则尚待详考。

二、首尾顶针式

所谓首尾顶针式的连珠体，是指在由同一诗体构成的一组诗中，将前一首尾句作为后一首的首句，后续诗作也依此类推。

十月十五日夜作连珠诗四首

［金］朱之才

其 一

披衣开户几宵兴，永夜无眠魂九升。
坐觉飞霜明瓦屋，天如寒鉴月如冰。

其 二

天如寒鉴月如冰，僵卧家僮唤不应。
却忆少年游太学，萧然独对短檠灯。

其 三

萧然独对短檠灯，引睡翻书睡几曾。
自笑年来忧患熟，跏趺真作坐禅僧。

其 四

跏趺真作坐禅僧，不学窗间故纸蝇。
湛若琉璃含宝月，此中无减亦无增。

上面四首诗就是以上一首的尾句作为下一首的首句，成为顶针的形式。这样，四首诗的韵部都是统一的，都押蒸韵。值得注意的是，既然是连珠形成的组诗，各首的风格和意境应该是基本一致的，不能自说自话。朱之才的这四首诗基本做到了浑然一体。如果内容上完全互不相关，那就徒有连珠的形式了，这种创作也是没有意义的。

再举明代心学家湛若水的连珠体诗为例：

再赠李朝芳还潮阳兼简薛竹居连珠吟

〔明〕湛若水

其 一

主一何如念一中，念中便是适朋从。
若言不著丝毫后，天理昭昭只大公。

其 二

天理昭昭只大公，意中了了末由从。
君看忘助皆无处，□子之间即是中。

三、双字重复式

所谓双字重复式的连珠体，是指诗作的各句都重复使用某两个字，上递下接，如明珠贯连。这种玩法可以是一首诗，也可以是一组诗。明代的时候很多诗人爱好此种诗歌游戏，而且常以组诗的形式出现。

竹下赏花戏作花竹吟效连珠体

[明]李之世

其 一

花宜疏散竹宜丛,竹色花光迥不同。
几点竹痕花底露,一番花信竹边风。
花如欠竹千般俗,竹若无花一味穷。
政喜成阴花竹伴,赏花人醉竹林中。

其 二

花坛竹屿细评章,竹有君兮花有王。
花似含香供竹笑,竹宜输粉助花妆。
不缘竹泪溅花落,刚睹花神对竹狂。
携得花茵和竹榻,看花看竹醉余觞。

诗人在竹下赏花,便以"花"、"竹"二字来写连珠体的诗作,并且写了两首。从中可以看出,"花""竹"二字在各句都有出现,且字位不太固定。这种玩法的最高境界就是要在做到始终重复两个字,而这两个字在各句、各联之中要镶嵌自然,读之不觉累赘,不露斧凿之痕。

明代著名书画家、诗人唐寅写有《花月吟》,是由十一首七律构成的连珠体组诗。其中每首都非常自然地嵌入"花""月"二字,诵读起来流畅婉转,一时被人赞为绝调。试以其中的第一首和第八首为例:

花月吟

[明] 唐寅

其 一

花正开时月正明，花如罗绮月如银。
溶溶月里花千朵，灿灿花前月一轮。
月下几般花意思？花间多少月精神？
待看月落花残夜，愁杀花间问月人。

其 八

有花无月恨茫茫，有月无花恨转长。
花美似人临月镜，月明如水照花香。
扶筇月下寻花步，携酒花前带月尝。
如此好花如此月，莫将花月作寻常。

诗人将古典诗词中常见的"花""月"两个意象连珠成诗，虽是游戏，却极富才情。组诗之中"花""月"的物象因其绾合着人事而具有双重的文化意义，诗人为之注入了新的精神元素与审美内涵。组诗中的"花""月"回环往复，同而不同，意蕴不断翻新，非常流畅自然。

精选练习

试选取"诗""酒"二字，模仿唐寅《花月吟》的模式写一首或一组连珠体的七绝或七律。如果是组诗建议为四首。写成之后，请与诗友们分享，并听取改进的意见。

第九讲 诗钟

诗钟是一种诗词游戏，也是一种作诗训练方式。它不要求写一首完整的诗，只要求写一联七言诗，上下两句，共十四个字，要求形成对仗。形式上酷似对联，但是，对联要求上下两句围绕一个主题，而诗钟往往是上下两句表现不同的主题。诗钟看似雕虫小技，然而十四字中，变化无穷，用字构思，遣词运典，须费经营。这种玩法可以考察参与者平时的诗词背记和学术积累，考验临场快速成诗的能力，非常有益于作诗技艺和诗学境界的提升。

诗钟在清代以前似未见记载，清代嘉庆、道光以后在福建一带开始出现，晚清民国时期风行全国。清代徐兆丰《风月谈余录》说："构思时以寸香系缕上，缀以钱，下承盂，火焚缕断，钱落盂响，虽佳卷亦不录，故名曰诗钟。"说白了，就是一种限时完成的游戏。这种玩法与古代的刻烛为诗相近，

也有点像今天棋类比赛中的沙漏计时方式。

参阅王志生《说诗钟》(《文史杂志》1992年第10期)、常善魁《诗钟》(《中国韵文学刊》1995年第2期)的文章,诗钟主要有两种玩法:分咏和嵌字。

一、分咏

分咏是两句分咏两物、或两事、或一事一物,尤以咏不伦不类、互不相干的两事物为佳作。如:

> 秋宵牛女长生殿;
> 故国君王万岁山。(杨贵妃、煤)

"杨贵妃"和"煤",分咏的两个题目互不相关,简直相差十万八千里。但是答题者却非常智慧。上句以长生殿故事说杨贵妃,以崇祯吊死煤山系"煤"字,分别扣紧了题目,而这两件原本毫不相干的事物,在对联的字面上却是自然融化,不见痕迹。

> 种自伦敦迁纽约;
> 味从勾践辨夫差。(美人、粪)

相传这是晚清著名词人赵熙的诗钟作品。题目要求分咏"美人"和"粪",出题者也太刁钻了,居然把两个极端不匹配的意象"混搭",创作难度之大可想而知。可是作者却别出心裁,当大家都在为形容美女搜肠刮肚之时,他却将战场转移到美利坚,由左道出奇兵,从而大获全胜。

又如：

> 前后两篇名士笔；
> 东南千仞丈人峰。（赤壁赋、泰山）

> 应号怡红公子传；
> 已非惨绿少年时。（红楼梦、白发）

> 浊世不容公子醒；
> 春愁多为女儿牵。（醉蟹、情丝）

> 事经访后传多误，
> 步太高时稳最难。（新闻、靴衬）

> 心是主人身是客；
> 诗家才子酒家仙。（会馆、李白）

> 但有后先无长少；
> 最难调理是炎凉。（排队、感冒）

分咏的联句可以自己做，也可以集句。下面的诗钟分咏是张伯驹先生的集唐作品。上句集自钱起《故王维右丞堂前芍药花开，悽然感怀》，下句集自张继《安公房问法》，可谓不着一字，尽得风流。

> 主人不在花长在；
> 世事何时是了时？（废园、月份牌）

二、嵌字

嵌字，就是给出不关联的平仄二字，限定分别用在两句的第几字的位置上。

又分正格、别格。

正格有鹤顶、燕领、鸢肩、蜂腰、鹤膝、凫胫、雁足等名目，分别简称为一唱、二唱、三唱，直至七唱。第几唱的意思就是嵌字在句中第几个字的位置。例如，鹤顶（一唱）要求二字分别嵌入两句第一字位置，燕领（二唱）要求二字分别嵌入两句第二字的位置，依此类推，直至雁足（七唱）。

（一）鹤顶，一唱。例如：

睡汉金鳌春及第；
星河银雀夜镇桥。(睡、星)

（二）燕领，二唱。例如：

酒兵宵按诗坛筑；
铜雀春荒霸气沉。(兵、雀)

（三）鸢肩，三唱。例如：

养得鸭言惊客胆；
拣将花笑悟禅机。(鸭、花)

（四）蜂腰，四唱。例如：

新放鼠姑蜂蝶闹；
小苦蜗国触蛮争。(姑、国)

（五）鹤膝，五唱。例如：

> 枪染绿沉苔丰卧；
> 筝组银甲胆初寒。（苔、胆）

（六）凫胫，六唱。例如：

> 巫峡朝云婚楚梦，
> 连昌夜月入宫词。（楚、宫）

（七）雁足，七唱。例如：

> 龙腾沧海领舒甲，
> 猿听巫山不住啼。（甲、啼）

嵌字也可以集句。相传晚清福州某诗社出"女、花"二字，用燕领格，因字面太宽，限集唐诗。评选出的三个最优者如下：

> 青女素娥俱耐冷，
> 名花倾国两相欢。

> 商女不知亡国恨，
> 落花犹似坠楼人。

> 神女生涯元是梦，
> 落花时节又逢君。

以上六句均出自不同的唐诗，组合在一起，可谓妙手天成。

别格有魁斗、蝉联、鼎峙、鸿爪、双钩、杂俎、卷帘、辘轳、碎锦等各种名目，不能一一尽举。如魁斗格要求将字嵌入上句首字和下句末字，如"佛、红"魁斗格："佛子座边莲叶碧，美人帘底枣花红。"蝉联格则要求将二字嵌入上句末字和下句首字，如"子、鸡"蝉联格："骅骝冀北无余子，鸡犬淮南并得仙。"还有双钩格，要求嵌入两个词四个字，如"太常、仙蝶"双钩格："太液联翩池上蝶，常仪缥缈月中仙。"读者如果想深入学习，可以参见张西厢《闲话诗钟》、王毓菁《诗钟话》、宗威《诗钟小录》等著作。

诗钟这种游戏，对于诗词、楹联写作的语感而言，是一种不可多得的训练方式。目前这种诗联雅戏已经日渐式微，笔者只见到极个别的当代诗社在玩此种游戏。我们期待诗钟能够在诗词界、楹联界中逐步得到恢复，进而让更多的当代人能够体验其中的乐趣，并能永久地流传下去。这也是我编写此节的初衷之一。

精选练习

1. 请以诗钟鹤顶格分咏"水、云"二字，完成后与朋友分享。

2. 请向你身边的亲友、同学介绍诗钟游戏的玩法，并相约一起来比赛娱乐。

第十讲　诗词酒令

古代诗人在雅集、宴会之时还经常玩诗词酒令的游戏。这是一种雅戏，既可以切磋诗词技艺，又可以活跃气氛、增进友谊。晋人石崇在金谷园宴客，以当席赋诗不成者罚酒三杯为酒令，王羲之等人在上巳节曲水流觞，饮酒赋诗，更是传为美谈。李太白春夜桃李园宴请从弟，要求即席赋诗，否则罚酒三杯。白居易诗曰"花时同醉破春愁，醉折花枝当酒筹"描绘的也是诗友雅集行酒令的情形。在古代文人士大夫群体中诗词酒令之风行于此可见一斑。这里我们介绍几种好玩的诗词酒令。

一、飞花令

最近几年，随着央视《中华诗词大会》节目的走红，一种叫作"飞花令"的诗词游戏被国人广泛了解，而且深受喜爱。诗词大会上的选手，最后角逐的时候就是靠"飞花令"一决高低。不过，"飞花令"主要检验的其实不是诗词的创作能力，而是背记能力。鉴于诗词的背诵能力也可以促进创作能力的提升，因此本书还是将其列为讲解的内容。

飞花令，原本是一种酒令。用于宴会、聚会时助兴取乐，是一种高雅的游戏。"飞花"一词，一般认为源自唐朝诗人韩翃《寒食》中的名句"春城无处不飞花"。飞花，引申为依次传递、轮回的意思。

现在我们常见的飞花令游戏，其规则一般是先出一个"字"，以名词居多，参与者依次说出含有这个字的诗句；该字在诗句中的位置不受限定。说出诗句的时候，一般要求说出相邻的句子。如果是律诗，除了要求说出含有该字的句子之外，还要说出相连的出句或对句。

比较起来，前人的玩法，规则更为严格，要求该字在句中的位置与参与者在宴席上的顺序相一致。譬如，用"月"字。第一个人说的诗句必须"月"字是该句的第一个字，如"月落乌啼霜满天"；第二个人说的诗句"月"字必须是该句的第二个字，例如"明月出天山"；以此类推，第三个人则是"掬水月在手"；第四个则是"共看明月应垂泪"；第五个则是"鸡声茅店月"；第六个则是"何处春江无月明"，第七个则是"江畔何人初见月"。如果顺序错乱，就判为输，例如第六个接飞花令的人，说一句"我寄愁心与明月"，那此人就输了，得罚，因为这里的"月"字出现在第七个字，不符合其出场次序。

可见，在《中国诗词大会》里的飞花令规则已经不算是很严格的了，只要选手能接上，就算成功。

二、临时定位飞花令

上面介绍的前人飞花令的玩法，按照座次或年龄来玩飞花令，虽然很有难度，但是，每个人在场实际上还是有一定的时间来准备的。当前面的人在背诵的时候，你可按照自己既定的次序来准备相应的诗句。那么，有没有一种玩法临时决定每个人所飞的字在所背诗句中的位次呢？显然，这种难度将会更大。因为你无法提前知道你所飞的字需要在第几的位置。这样就可以用转盘游戏的方法，指针指向的数字就是所飞的字的位次。据说某省卫视的一档诗词节目玩的就是"圆周率飞花令"。何为"圆周率飞花令"？就是按照圆周率的数字给参与飞花令游戏的人确定所飞的字在诗句中的次序。大家知道，圆周率是无限不循环小数，绝大多数人可能会背诵 3.14159265……等几个数字，后面的数字还很长，一般不可能背得来。这样一来越是轮到后面，参赛者就越不能提前知道轮到自己的数字是多少了。当然，这种无规则的临时定位的玩法，难度相当之大。如果你没有很大的脑库存，不能背诵几百首甚至上千首古诗词，我估计是很难玩下去的。不过，为了增加参与性，也可以采用分组赛的形式进行，利用集体智慧，避免单兵作战，这样就可以玩得更好了。

三、羞花令

如今"飞花令"已经为人熟知了，大家知道还有一种"羞花令"吗？

飞花令，是要在所答诗句直接出现题目所规定的字。羞花令则相反，要求所答诗句不能直接出现题目所规定的字，而诗句的意思却要表现该字所代表的事物或情感。例如，同样是以"花"为令,如果所答为"泪眼问花花不语,乱红飞过秋千去。"这中间有"花"字,对于飞花令是合规的,对于羞花令则为犯规。如果所答为"疏影横斜水清浅,暗香浮动月黄昏"则是合规的,因为诗句写梅花,却没有出现"花"字。

显然,相对飞花令而言,羞花令的难度更大,更富有挑战性。如果没有博闻强记和对诗词内涵的深刻领悟,估计在这种场合就只有喝酒认罚的份了。

四、忆雪堂古诗词酒令

《忆雪堂古诗词酒令》为熊东遨先生原创,尚未公开发表。为保护其知识产权,本书只简略介绍其体例与规则,读者可以从中将其玩法窥见一二。该套酒令共108令,分为"36天柱令"和"72地维令",制作成签。玩时视酒宴的人数可分开也可合并。"36令"适合较小场合;"72令"适合中等场合;"108令"适合较大场合。玩的时候,在场者公推一人首先掌签开令,掌签者即为令官。由令官从签筒中抽出第一支签,如抽到一个人饮的签,即由饮者接任令官,接续主持抽签行令;抽到两人以上饮的签则原令官不变。签的正面为一句古诗词,反面为令解。根据令解可以判定席间该何人饮酒。值得注意的是,令解并不一定要正解诗意,也可以"合理"曲解,这样才更有趣味。例如:

第1令:晓日潼关四扇开(王士禛)
令解:晓日为东,主人先饮,西南北座随饮。

第5令：泥上偶然留指爪（苏轼）
令解：弃餐巾纸于桌面者饮。

第6令：晴空一鹤排云上（刘禹锡）
令解：晋级晋职者饮。

第8令：欲穷千里目（王之涣）
令解：带近视眼镜者饮半杯。

第108令：白云劝尽杯中物（高适）
令解：主人起身敬合席饮尽。

从以上几例，读者可以体会到该酒令的玩法，以及创作者的巧思和雅趣。这种融会古今的诗词酒令是一种高雅的娱乐，我们期待有朝一日能够公开出版，服务当代人民的生活。

精选练习

1. 邀集几个同学或同好，玩一玩诗词酒令。注意未成年不许饮酒，可以茶代酒；成年人也要健康饮酒，身体不适者可用其他方式代替。

2. 请从中国古代的小说找出更多的诗词酒令或诗词游戏，并与大家分享。

第五编 附录

附录一　入声字辨识法

学会辨识一些常用的入声字，对学习诗词写作是必要的。即便是对于用新韵写作的人而言，能够辨识入声字也是大有好处的，因为这将为你分析古人诗词的格律提供便利。否则，你将无法真正体悟经典作品的格律之美。比如杜甫的《登高》第一句为"风急天高猿啸哀"，有人按照今音来读，会以为是格律诗的"平起平收"格式，实际它是"仄起平收"格式。之所以会这样，其原因就是不知道"急"是一个古入声字，今音读阳平。这样的例子在前人的诗词中很多。

本书"诗律"编已经讲了"入派三声"，普通话没有入声，把入声字分别转变到了平、上、去三个声调中去了。粗略地讲，普通话的第一、二声相当于平声，第三、四声相当于仄声。但是，第一、二声当中仍杂有一些入声字，区分这里头的入声字是最为紧要的。下面提供四种辨识入声字的方法：

一、方言辨识法

如今在粤语、赣语、闽南语、客家话、新湘语、徽语、晋语、江淮官话、部分西南官话以及极少数冀鲁官话里不同程度地保留入声。通过方言可以感受入声的特点，并辨识入声字。入声字的发音特点是读音短促、一发即收。也就是《康熙字典》所讲的"入声短促急收藏"。

譬如，粤语中有明显的入声字留存。粤语有九个声调，其中入声又分阴入、阳入、中入三种。由于粤语声调丰富，所以用粤语吟诵诗词更富有音乐韵味。会说粤语的人通过方言来辨认入声，一旦掌握规律便可事半功倍。

二、读写记忆法

在读古人格律诗词时，对于用普通话读来不合平仄的地方，须多加注意，考虑是否为入声字。通过多次查询、分辨，就可以记住大多数常用入声字。还有，背诵一些押入声韵的诗词，也可记住很多入声字。譬如，岳飞《满江红》押入声字，背诵了这首词也就可记住了"歇""烈""月""切"等韵字是入声。又譬如，杜甫的长篇五言诗《北征》，全篇一百四十句，全部押入声字；按照偶句押韵，全诗用了七十个韵字。如果你能背诵这首诗，也就顺带至少记住了七十个入声字。

与此相类似，自己在写作格律诗词时遇到入声字时也可倍加留意。在一些诗词网站进行格律校验时，如有出律的字也要留意是否是入声字。

在读诗、写诗的过程中养成随时分辨入声字的习惯，很快就能掌握大部分的入声字。这里头需要重点关注的也是混入到了普通话第一声、第二声中入声字。

三、拼音规律识别法

1. 凡b、d、g、j、zh、z六母的第二声字（阳平），都是古入声字。例如：

b：拔跋白帛薄荸别蹩脖舶伯百勃渤博驳。（"鼻"例外，是中古去声字。)

d：答达得德笛敌嫡觌翟跌迭叠碟牒独读犊渎毒夺铎掇。

g：格阁蛤胳革隔葛国虢。

j：及级极吉急击棘即脊疾集籍夹嚼洁结劫杰竭截局菊掬橘决诀掘角厥橛脚镢觉爵绝。

zh：札扎铡宅择翟着折蜇轴竹妯竺烛筑逐浊镯琢濯啄拙直值殖质执侄职。

z：杂凿则择责贼足卒族昨。

2. 凡 d、t、n、l、z、c、s 等六母跟韵母 e 拼合时，不论普通话读何声调，都是古入声字。("厕"例外。)例如：

de：得德。

te：特忒慝螣。

ne：讷。

le：勒肋泐乐垃圾。

ze：则择泽责啧赜笮迮窄舴贼仄昃。

ce：侧测策册。

se：瑟色塞啬穑濇涩圾。

3. 凡 k、zh、ch、sh、r 五母与韵母 uo 拼合时，不论普通话读何声调，都是古入声字。例如：

kuo：阔括廓鞟扩。

zhuo：桌捉涿着酌浊镯琢啄濯擢卓焯倬踔拙斲斫斮斲浞梲。

chuo：戳绰歠啜辍醊惙辍婼。

shuo：说勺芍妁朔搠槊矟铄硕率蟀。

ruo：若䢰箬蒻篛。

4. 凡 b、p、m、d、t、n、l 七母跟韵母 ie 拼时，无论普

通话读何声调，都是古入声字，只有「爹」die 字例外。例如：

bie：鳖憋别蟞癟別。

pie：撇氕。

mie：灭蔑篾蠛。

die：碟牒喋堞蹀谍鲽跌迭昳昳垤耋绖咥叠。

tie：帖贴怗铁餮。

nie：捏陧聂镊臬闑镍涅蘖孽啮。

lie：列冽烈裂洌猎躐挒劣。

5. 凡 d、g、h、z、s 五母与韵母 ei 拼合时，不论普通话读何声调，都是古入声字。例如：

dei：得。

gei：给。

hei：黑嘿。

zei：贼。

sei：塞。

6. 凡声母 f，跟韵母 a、o 拼合时，都是古入声字。例如：

fa：法发伐砝乏阀罚发。

fo：佛缚。

7. 凡读 üe 韵母的字，都是古入声字。只有"嗟"jue，"瘸"que，"靴"xue 三字除外。例如：

yue：曰约哕月刖玥悦阅钺乐药耀曜跃龠钥瀹爚禴礿粤岳鷢軏。

nüe：虐疟谑。

lüe：略掠。

jue：噘撅决抉駃诀玦掘桷崛角劂蕨厥橛蹶獗嗷臄谲鐍珏乂

190　诗词作法与玩法

脚觉爵嚼爝绝蕝矍攫躩屩。

que：缺阙却怯确榷壳愨埆阙鹊雀碏。

xue：薛穴学雪血削。

8. 一字有两读，读音为开尾韵，语音读 i 或 u 韵尾的，也是古入声字。例如：

读音为 e，语音为 ai 的：色册策摘宅翟窄择塞。

读音为 e，语音为 ei 的：贼肋勒北克黑得忒。

读音为 o，语音为 ai 的：白百柏伯麦陌脉。

读音为 o，语音为 ao 的：薄剥摸。

读音为 uo，语音为 ao 的：着凿落烙。

读音为 uo，语音为 ou：肉粥轴舳妯熟。

读音为 u，语音为 iu：六陆衄。

读音为 üe，语音为 ao：乐药疟跃钥觉嚼脚角削学雀。

四、拼音规律反向否定法

1. 凡是有鼻音韵尾 n 和 ng 的字，不是入声字。

2. 读 zi、ci、si 三个音节的字，不是入声字。

3. 读 uei 音节的字，不是入声字。

4. 读 uai 音节的字，不是入声字（少数除外，如"率"字等）。

5. 声母为 m、n、l、r，而读阴平、阳平或上声的字，不是入声字。（少数例外：捏 niē，辱 rǔ）

6. 韵母为 er 的也不是入声字。

7. 韵母为 ai、ei、ao、iao、ou、iou 的字，大多数不是入声字。

8. 声母为 p、t、k、q、c、ch 的阳平（二声）字，不是入声字。（少数例外：咳 ké，壳 ké，察 chá，仆 pú，璞 pú）

附录二　普通话中读平声的常用入声字

入声字的查询可以参见平水韵中的入声部。为便于读者查询和学习，这里从中抽取在普通话中读平声（第一声、第二声）的常用入声字，总计 213 个。

【一　屋】　　屋竹福熟族菊轴伏读渎牍粥哭叔独啄秃扑幅竺蝠舳孰倏

【二　沃】　　俗足烛局鹄督赎

【三　觉】　　觉捉卓驳

【四　质】　　出实疾一壹吉漆七卒佶尼蒺失悉

【五　物】　　佛拂屈掘吃绂弗厥

【六　月】　　阙伐罚竭歇发忽勃蹶掘阀碣羯咄滑核馂

【七　曷】　　曷达活钵夺拔拨割豁掇喝泼撮跋

【八　黠】　　黠杀察猾瞎刷滑

【九　屑】　　节绝结说舌别缺折切拙辙诀噎哲碣捏颉竭

【十　药】　　薄爵约郭博酌诧削铎泊搏嚼膜礴摸芍

【十一陌】　　白石泽宅席籍格额积夕革翮核责舶摘择谪蝈昔惜

【十二锡】　　锡击笛敌滴镝激檄狄荻涤

【十三职】　　职国德食蚀极直值黑贼刻则殖植棘织逼息熄媳

【十五合】　　合答杂匝阖蛤鸽搭
【十六叶】　　帖贴蝶叠捷颊楫协侠荚睫摺辄
【十七洽】　　狭峡匣压鸭乏劫胁插押狎掐夹呷

附录三：平水韵字表

一、上平

【一东】东同童僮铜桐峒筒瞳中［中间］衷忠盅虫冲终忡崇嵩［崧］菘戎绒弓躬宫穹融雄熊穷冯风枫疯丰充隆窿空公功工攻蒙濛朦瞢笼胧栊咙珑砻泷蓬篷洪荭红虹鸿丛翁嗡匆葱骢通棕烘崆

【二冬】冬咚彤农侬宗淙锺钟龙茏春松淞冲容榕蓉溶庸佣慵封胸凶匈汹雍邕痈浓脓重［重复］从［服从］逢缝峰锋丰蜂烽葑纵［纵横］踪茸蛩邛筇跫供［供给］蚣喁

【三江】江缸窗邦降［降伏］双泷庞撞豇扛杠腔梆桩幢蛩［冬韵同］

【四支】支枝肢移［竹移］为［施为］垂吹陂碑奇宜仪皮儿离施知驰池规危夷师姿迟龟眉悲之芝时诗棋旗辞词期祠基疑姬丝司葵医帷思滋持随痴维卮糜螭麾墀弥慈遗肌脂雌披嬉尸狸炊湄篱兹差［参差］疲茨卑亏蕤骑［跨马］歧岐谁斯澌私窥熙欺疵赀羁彝髭颐资縻饥衰锥姨衹涯［佳、麻韵同］伊追耆缁其箕椎累簁萎匙坻嶷治［治国］骊綦怡尼漪牺饴而鸥推［灰韵同］陲魑锤绹璃羸陂蘼芪畸羲欹猗崎崖筛狮螭绥虽粢瓷鏊痍惟唯机耆逵肖丕吡枇貔楣霉辎蚩嗤媸飔堬莳鲥鹚笞漓贻禧噫其琪祺麒栀鹂累跎琵祁骐訾咨睢馗胝鳍蛇［委蛇］陴淇丽［地名］

厮氏［月氏］僖嘻琦伲熹孜罹磁痿隋透郦峒椅［音漪，木名］

【五微】微薇晖辉徽挥韦围帏违闱霏菲［芳菲］妃飞非扉肥威祈畿机几［微也、如见几］讥玑稀希衣［衣服］依归饥［支韵同］矶欷诽绯晞葳巍沂圻颀

【六鱼】鱼渔初书舒居裾琚车［麻韵同］渠蕖余予誉［动词］舆胥狙锄疏蔬梳虚嘘墟徐猪闾庐驴诸储除滁蜍如畬淤妤苴菹沮徂龉茹榈於祛蘧疽蛆醵纾樗蹰［药韵同］欤据［拮据］

【七虞】虞愚娱隅无芜巫于衢癯瞿氍儒襦濡须需朱珠株诛朱铢蛛殊俞瑜榆愉逾渝揄谀腴区躯驱岖趋扶符凫芙雏敷麸夫肤纡输枢厨俱驹模谟摹蒲逋胡湖瑚乎壶狐弧孤辜姑觚菰徒途涂荼图屠奴吾梧吴租卢鲈炉芦颅垆蚨孥帑苏酥乌污［污秽］枯粗都荽侏姝禺拘嵎蹰桴俘臾萸吁濡瓠糊酺呼沽酤泸舻轳鸬驽匍葡铺［铺盖］菟诬呜迂孟竽趺毋孺酴鸪骷刳蛄晡逋葫呱蝴蚴狙猢郛乎

【八齐】齐黎犁梨妻［夫妻］萋凄堤低题提蹄啼鸡稽兮倪霓西栖犀嘶撕梯鼙赍迷泥溪蹊圭闺携畦稽跻奚脐醯鳖蠡醍鹈奎批砒睽黉篦斋藜猊蚬鲵羝

【九佳】佳街鞋牌柴钗差［差使］崖涯［支麻韵同］偕阶皆谐骸排乖怀淮豺侪埋霾斋槐［灰韵同］睚崽楷秸揩俳

【十灰】灰恢魁隈回徊槐［佳韵同］梅枚玫媒煤雷颓崔催摧堆陪杯醅傀推［支韵同］诙裴培盉偎煨瑰茴追胚徘坏桅傀偏［贿韵同］莓开哀埃台苔抬该才材财裁栽哉来莱灾猜孩傀骀胎唉垓挨皑呆腮

【十一真】真因茵辛新薪晨辰臣人仁神亲申身宾滨槟缤邻鳞麟珍瞋尘陈春津秦颍苹颦濒银垠筠巾囷民岷泯［轸韵同］珉

第五编　附录　195

贫纯淳醇纯唇伦轮沦抡匀旬巡驯钧均榛莘遵循甄宸纶椿鹑屯呻粼嶙辚磷呻伸绅寅姻荀询峋氤恂嫔彬皴娠闽纫湮肫逡菌臻豳

【十二文】文闻纹蚊云分［分离］氛纷芬焚坟群裙君军勤斤筋勋薰曛醺芸耘芹欣氲荤汶汾殷雯贲纭昕熏

【十三元】元原源沅鼋园袁猿垣烦蕃樊喧萱暄冤言轩藩媛援辕番繁翻幡璠鸳鹓蜿湲爰掀燔圈谖魂浑温孙门尊［樽］存敦墩炖暾蹲豚村屯囤［囤积］盆奔论［动词］昏痕根恩吞荪扪昆鲲坤仑婚阍髡馄噴猕饨臀跟瘟飧榾

【十四寒】寒韩翰［翰韵同］丹单安鞍难［艰难］餐檀坛滩弹残干肝竿阑栏澜兰看［翰韵同］刊丸完桓纨端湍酸团攒官观［观看］鸾銮峦冠［衣冠］欢宽盘蟠漫［大水貌］叹［翰韵同］邯郸摊玕拦珊狻鼾杆跚姗殚箪瘫谰倌棺剜潘拼［问韵同］盘般蹒癍磐瞒谩馒鳗钻拚邗汗［可汗］

【十五删】删潸关弯湾还环鬟寰班斑蛮颜奸攀顽山闲艰间［中间］悭患［谏韵同］孱潺擐菅殷［寒韵同］颁鬘疝讪斓娴鹇鳏殷［赤黑色］纶［纶巾］

二、下平

【一先】先前千阡笺天坚肩贤弦烟燕［地名］莲怜连田填巅馒宣年颠牵妍研［研究］眠渊涓捐娟边编悬泉迁仙鲜［新鲜］钱煎然延筵毡旃蝉缠廛联篇偏绵全镌穿川缘鸢旋船涎鞭专圆员乾［乾坤］虔愆权拳椽传焉嫣鞯褰搴铅舷跹鹃荃痊诠悛先遄禅婵躔颠燃涟琏便［安也］翩骈癫阗钿［霰韵同］沿蜒胭芊鳊胼滇佃畋咽湮狷镯鸢骞膻扇棉拴荃籼砖挛儇璇卷［曲也］扁［扁舟］单［单于］溅［溅溅］犍

【二萧】萧箫挑貂刁凋雕迢条髫调［调和］蜩枭浇聊辽寥撩寮僚尧宵消霄绡销超朝潮嚣骄娇蕉焦椒饶硝烧［焚烧］遥谣摇谣瑶韶昭招镳瓢苗猫腰桥乔娆夭飘逍潇鸮骁桃鹩鹩缭嘹夭［夭夭］幺邀要［要求］姚樵谯憔标飚嫖漂［漂浮］剽佻韶苕岩噍晓跷侥了［明了］魈峣描钊轺桡铫鹞翘枵侨窑礁

【三肴】肴巢交郊茅嘲钞包胶苞梢姣庖匏坳敲胞抛蛟崤鲛鞘抄蛰咆哮凹淆教［使也］跑艄捎爻咬铙茭炮［炮制］泡鲛刨抓

【四豪】豪劳毫操［操持］髦绦刀萄猱褒桃糟旄袍挠［巧韵同］蒿涛皋号［号呼］陶鳌曹遭羔糕高搔毛艘滔骚韬缫膏牢醪逃濠壕饕洮淘叨嗨篙熬遨翱嗷臊嗥尻麈螯獒牦漕嘈槽掏唠涝捞痨毛

【五歌】歌多罗河戈阿和［和平］波科柯陀娥蛾鹅萝荷［荷花］何过［经过］磨［琢磨］螺禾珂蓑婆坡呵哥轲沱鼍拖驼跎佗［他］颇［偏颇］峨俄摩么娑莎迦疴苛蹉嵯驮箩逻锣哪挪锅诃窠蝌髁倭涡窝讹陂鄱皤魔梭唆骡挼靴瘸搓哦瘥酡

【六麻】麻花霞家茶华沙车［鱼韵同］牙蛇瓜斜邪芽嘉瑕纱鸦遮叉奢涯［支佳韵同］巴耶嗟遐加笳赊楂差［差错］蟆骅虾葭袈裟砂衙呀琶耙芭杷笆疤爬葩些［少也］佘鲨查楂渣爹挝咤拿椰珈枷枷迦痂茄桠丫哑划哗夸胯抓洼呱

【七阳】阳杨扬香乡光昌堂章张王房芳长塘妆常凉霜藏场央泱鸯秧嫱床方浆觞梁娘庄黄仓皇装殃襄骧相湘箱缃创忘芒望尝偿樯枪坊囊郎唐狂强肠康冈苍匡荒遑行妨棠翔良航倡伥羌庆姜僵缰疆粮穰将墙桑刚祥详洋徉伴粱量羊伤汤魴樟彰漳猖商防筐煌隍凰蝗惶璜廊浪当裆铛沧纲兀吭潢丧盲簧忙茫傍汪臧

琅当庠裳昂障糖疡锵杭邙赃滂禳攘瓢抢螳跟眶炀闾彭蒋亡殃蔷镶孀搪彷胱磅膀螃

【八庚】庚更［更改］羹盲横［纵横］觥彭亨英烹平枰京惊荆明盟鸣荣莹兵兄卿生甥笙牲擎鲸迎行［行走］衡耕萌薨宏闳茎罂莺樱泓橙争筝清情晴精睛菁晶旌盈楹瀛嬴赢营婴缨贞成盛［盛受］城诚呈程酲声征正［正月］轻名令［使令］并［并州］倾萦琼峥嵘撑粳坑铿撄鹦䴉蘅澎膨棚浜坪苹钲伧檠嘤轰铮狰宁狞瞠绷怦璎砰甿鲭侦柽蛏茎赪莛赓鼪瞪

【九青】青经泾形陉亭庭廷霆蜓停丁仃馨星腥醒［醉醒］惺俜灵龄玲铃伶零听［径韵同］冥溟铭瓶屏萍荧萤荣扃垧蜻硎苓聆瓴娉婷宁暝瞑螟猩钉疔厅町泠棂囹羚蛉咛型邢

【十蒸】蒸烝承丞惩澄陵凌绫菱冰膺鹰应［应当］蝇绳升缯凭乘［驾乘，动词］胜［胜任］兴［兴起］仍兢矜征［征求］称［称赞］登灯僧憎增曾矰层能朋鹏肱薨腾藤恒罾崩塍誊崚嶒媵塍冯症簦鬙凝［径韵同］棱楞

【十一尤】尤邮优尤流旒留骝榴刘由油游猷悠攸牛修羞秋周州洲舟酬雠柔俦畴筹稠丘邱抽瘳遒收鸠搜驺愁休囚求裘仇浮谋牟眸侔矛侯喉猴讴鸥楼陬偷头投钩沟幽叫楸蚯踌绸惆勾娄琉疣犹邹兜呦呕猱球蜉蝣辀辏阄瘤硫浏麻湫泅酉瓯啁飕鏊篌抠篝诌骰蝼沤［水泡，名词］蝼髅搂欧彪掊虬揉蹂抔不［与有韵"否"通］瓿缪［绸缪］

【十二侵】侵寻浔临林霖针箴斟沈心琴禽擒衾钦吟今襟［衿］金音阴岑簪［覃韵同］壬任［负荷］歆森禁［力所胜任］祲喑琛涔骎参［参差］忱淋妊掺参［人参］椹郴芩檎琳蟫愔喑黔嵚

【十三覃】覃潭参［参考］骖南楠男谙庵含涵函［包函］

岚蚕探贪耽眈毚堪谈甘三酣柑惭蓝担簪［侵韵同］谭昙坛婪戡颔痰篮襟蚶憨泔聃邯蟫［侵韵同］

【十四盐】盐檐廉帘嫌严占［占卜］髯谦佥纤签瞻蟾炎添兼缣沾尖潜阎镰黏淹钳甜恬拈砭詹兼歼黔钤佥觇崦渐鹣腌襜阉

【十五咸】咸函［书函］缄岩谗衔帆衫杉监［监察］凡馋芟搀喃嵌掺巉

三、上声

【一董】董懂动孔总笼［东韵同］拢桶捅蓊蠓汞

【二肿】肿种［种子］踵宠垄［陇］拥冗重［轻重］冢捧勇甬踊涌俑蛹恐拱竦悚耸巩怂奉

【三讲】讲港棒蚌项耩

【四纸】纸只咫是靡彼毁委诡髓累技绮觜此泚蕊徙尔弭婢俾弛豕紫旨指视美否［否泰］痞咒几姊比水轨止徵市喜已纪跪妓蚁鄙晷子仔梓矢雉死履垒癸趾址以似耔祀史驶耳使［使令］里理李起杞圮跂士仕俟始齿矣耻麂枳峙鲤迩氏玺巳［辰巳］滓苡倚匕迤逦旖旎蚍秕芷拟你企谇搋屣揣豸祉恃

【五尾】尾苇鬼岂卉几［几多］伟斐菲［菲薄］匪篚娓悱榧匙炜虺玮虮

【六语】语［语言］圉圄吕侣旅杼伫与［给予］予［赐予］渚煮暑鼠汝茹［食也］黍杵处［居住、处理］贮女许拒炬距所楚础阻俎沮叙绪屿墅巨去［除也］苣举讵潊浒钜醑咀诅苎抒楮

【七麌】麌雨宇舞府鼓虎古股贾［商贾］估土吐圃庾户树［种植，动词］煦诩努辅组乳弩补鲁橹睹腐数［动词］簿竖普

侮斧聚午伍釜缕部柱矩武五苦取抚浦主杜坞祖愈堵扈父甫禹羽怒[遇韵同]腑拊俯骂赌卤姥鹉拄莽[养韵同]栩褰脯妩庑否[是否]麈褛篓偻酤牡谱怙肚踽虏孥诂瞽殁祜擩雇件缶母某亩蛊琥

【八荠】荠礼体米启陛洗邸底抵弟坻柢涕悌济[水名]澧醴诋眯娣棨递昵睨蠡

【九蟹】蟹解洒楷[佳韵同]拐矮摆买骇

【十贿】贿悔罪馁每块汇猥璀磊蕾傀儡腿海改采彩在宰醅铠恺待殆怠乃载[岁也]凯闿倍蓓迨亥

【十一轸】轸敏允引尹尽忍准隼笋盾[阮韵同]闵悯菌[真韵同]蚓牝殒紧蠢陨哂诊疹赈肾蜃朕黾泯窘吮缜

【十二吻】吻粉蕴愤隐谨近忿扽刎愠槿瑾悃韫

【十三阮】阮远[远近]晚苑返反饭[动词]偃蹇踠沅宛婉畹菀蜿绻巘挽堰混棍阆悃捆衮滚鲧稳本畚笨损忖囤遁很沌垦垠龈

【十四旱】旱暖管琯满短馆[翰韵同]缓盥[翰韵同]碗懒伞伴卵散[散布]伴诞罕瀚[浣]断[断绝]侃算[动词]款但坦祖纂缎拌潫谰莞【十五潸】潸眼简版板阪盏产限绾柬拣撰馔馃皖汕铲羼见栈棧

【十六铣】铣善[善恶]遣[遣送]浅典转[霰韵同]衍犬选冕辇免展茧辨篆勉剪卷显饯[霰韵同]践喘藓软蹇[阮韵同]演兖件腆跣缅缱鲜[少也]珍扁匾蚬岘畎趯隽键变泫藓阐颤膳鳝舛愐辗遭先韵同]脔辫捻

【十七筱】筱小表鸟了[未了，了得]晓少[多少]扰绕绍杪沼眇矫皎杳窈窕袅挑[挑拨]掉[啸韵同]肇缥缈渺淼鸟赵兆缴缭[萧韵同]夭[夭折]悄舀僥蓼娆硗剿晁藐秒殍

【十八巧】巧饱卯狡爪鲍挠［豪韵同］搅绞拗咬炒吵佼姣［肴韵同］昴茆獠［萧韵同］

【十九皓】皓宝藻早枣老好［好丑］道稻造［造作］脑恼岛倒［跌到］祷［号韵同］捣抱讨考燥扫［号韵同］嫂保鸨稿草昊浩镐杲缟槁堡皂瑙媪燠袄懊葆裸芼澡套涝蚤拷栲

【二十哿】哿火舸觲舵我拖娜荷［负荷］可左果裹朵锁琐堕惰妥坐［坐立］裸跛颇［稍也］夥颗祸椰婀逻卯那坷爹［麻韵同］簸叵垛哆硪么［歌韵同］峨［歌韵同］

【二十一马】马下［上下］者野雅瓦寡社写泻夏［华夏］也把厦惹冶贾［姓贾］假［真假］且玛姐舍喏赭洒碫剐打耍那

【二十二养】养痒象像橡仰朗桨奖蒋敞氅厂柱往颡强［勉强］惘两曩丈杖仗［漾韵同］响掌党想鲞榜爽广享向飨幌莽纺长［长幼］网荡上［上升］壤赏仿罔诳倘魍魉谎蟒漭嗓盎恍脏［肮脏］吭沆慷襁镪抢犷

【二十三梗】梗影景井岭领境警请饼永骋逞颖颍颈整静省幸颈郢猛丙炳杏秉耿矿冷靖哽绠荇艋艋皿儆悻婧阱狰［庚韵同］靓悻打癭并［合并］犷眚憬鲠

【二十四迥】迥炯茗挺艇梃醒［青韵同］酩酊并［并行，并且］等鼎顶肯拯謦到溟

【二十五有】有酒首口母［麌韵同］妇［麌韵同］後柳友斗狗久负［麌韵同］厚手叟守否［麌韵同］右受牖偶走阜［麌韵同］九后咎薮吼帚垢舅纽藕朽臼肘韭亩［麌韵同］剖诱牡［麌韵同］缶酉苟丑糗扣叩某莠寿绶玖授赇［尤韵同］糅［尤韵同］溲纣钮扭呕殴纠耦掊瓿拇擞绺抖陡蚪篓黝赳取麌韵同］

【二十六寝】寝饮［饮食］锦品枕［枕衾］审甚［沁韵同］

廩衽稔凛懔沈［姓氏］朕荏婶沈［沈阳］葚禀噤谂怎恁饪覃

【二十七感】感览揽胆澹［淡，勘韵同］啖坎惨敢颔［覃韵同］撼毯糁湛菡苕噕絜喊嵌［咸韵同］橄榄

【二十八俭】俭焰敛［艳韵同］险检脸染掩点簟贬冉苒陕谄俨闪剡忝［艳韵同］琰奄歉芡崭堑渐［盐韵同］罨捡弇崦玷

【二十九豏】豏槛范减舰犯湛巉［咸韵同］斩黯范

四、去声

【一送】送梦凤洞众瓮贡弄冻痛栋恸仲中［击中］粽讽空［空缺］控哄赣

【二宋】宋用颂诵统纵［放纵］讼种［种植］综俸供［供设，名词］从［仆从］缝［隙也］重［再也］共

【三绛】绛降［升降］巷撞［江韵同］戆

【四寘】寘置事地意志思［名词］泪吏赐自字义利器位戏至次累［连累］伪寺瑞智记异致备肆翠骑［车骑，名词］使［使者］试类弃饵媚鼻易［容易］辔坠醉议翅避箠帜炽粹莳谊帅厕寄睡忌贰萃穗二臂嗣吹［鼓吹，名词］遂恣四骥季刺驷寐魅积［积蓄］被懿觊冀愧匮恚馈篑柜暨庇豉莉腻秘比［近也］鸷毖喑示嗜饲伺遗［馈遗］薏祟值惴羆眦罾企渍譬跛挚燧隧悴尿稚雉莅悸肄泌识［记也］侍踬为［因为］

【五未】未味气贵费沸尉畏慰蔚魏纬胃汇［字汇］谓渭卉［尾韵同］讳毅既衣［着衣，动词］蜚溉［队韵同］翡诽

【六御】御处［处所］去虑誉［名词］署据驭曙助絮著［显著］箸豫恕与［参与］遽疏［书疏］庶预语［告也］踞倨蓣淤锯觑狙［鱼韵同］耆薯

【七遇】遇路辂赂露鹭树［树木］度［制度］渡赋布步固素具务雾骛数［数量］怒［虞韵同］附兔故顾句墓慕暮募注住注驻炷祚裕误悟寤戍库护屦诉妒惧趣娶铸绔傅付谕喻姁芋捕哺互孺寓赴冱吐［虞韵同］污［动词］恶［憎恶］晤煦酗讣仆［偃仆］赙驸嫠锢蚷飓怖铺［店铺］塑愫蠹溯镀璐雇瓠迕妇负阜副富［宥韵同］醋措

【八霁】霁制计势世丽岁济［渡也］第艺惠慧币弟滞际涕［荠韵同］厉契［契约］敝弊毙帝蔽髻锐庚裔袂系祭卫隶闭逝缀翳替细桂税婿例誓筮蕙诣砺励瘗噬继脆睿毳曳蒂睇妻［以女妻人］递逮蓟蚋薜荔唳捩栵泥［拘泥］媲嬖彗睥睨剂嚏谛缔剃屉悌俪锲贲掣羿棣蟪剃娣说［游说］赘憩鳜戾呓谜挤

【九泰】泰太带外盖大［个韵同］濑籁籁蔡害蔼艾丐奈柰汏癞霭会旆最贝沛霈绘脍荟狈侩桧蜕酹外兑

【十卦】卦挂画［图画］懈廨邂隘卖派债怪坏诫戒界介芥械薢拜快迈败稗晒澥湃寨疥届蒯寨蒉唪聩块惫

【十一队】队内辈佩退碎背袏对废悔诲晦昧配妹喙溃吠肺耒块碓刈悖焙淬敦［盘敦］塞［边塞］爱代载［载运］态菜碍戴贷黛概岱溉慨耐在［所在］鼐玳再袋逮埭赉焫忾暖咳暧昧

【十二震】震信印进润阵镇刃顺慎鬓晋骏闰峻衅振俊舜昣吝烬讯仞迅趁衬仅觐蔺浚赈［轸韵同］龀认殡摈缙躏廑谆瞬韧浚殉馑

【十三问】问闻［名誉］运晕韵训粪忿［吻韵同］酝郡分［名分］紊愠近［动词］抆拚奋郓捃靳

【十四愿】愿怨万饭［名词］献健建宪劝蔓券远［动词］侃键贩畈曼挽［挽联］瑗媛圈［猪圈］论［名词］恨寸困顿遁［阮

韵同〕钝闷逊嫩溷诨巽褪喷〔元韵同〕艮揾

【十五翰】翰〔寒韵同〕瀚岸汉难〔灾难〕断〔决断〕乱叹〔寒韵同〕观〔楼观〕干〔树干,干练〕散〔解散〕旦算〔名词〕玩烂贯半案按炭汗赞漫〔寒韵同。又副词,独用〕冠〔冠军〕灌爨窜幔粲灿璨换焕唤涣悍弹〔名词〕惮段看〔寒韵同〕判叛绊鹳伴畔锻腕惋馆旰扞疸但罐盥婠煅缦侃蒜钻谰

【十六谏】谏雁患涧间〔间隔〕宦晏慢盼篆栈〔潸韵同〕惯串绽幻瓣苋办谩汕〔删韵同〕铲绾孪篡裥扮

【十七霰】霰殿面县变箭战扇煽膳传〔传记〕见砚院练链燕宴贱馔荐绢彦掾便〔便利〕眷倦羡奠遍恋啭眩钏倩卞汴片禅〔封禅〕谴溅饯善〔动词〕转〔以力转动〕卷〔书卷〕甸电咽茜单念〔念书〕昫淀靛佃钿〔先韵同〕镟漩楝缮现狷炫绚绽线煎选旋颤擅缘〔衣饰〕撰喭谚媛忭弁援研〔磨研〕

【十八啸】啸笑照庙窍妙诏召邵要〔重要〕曜耀调〔音调〕钓吊叫眺少〔老少〕诮料疗潦掉〔筱韵同〕峤徼跳嚎漂镣廖尿肖鞘峭〔筱韵同〕峭哨俏醮燎〔筱韵同〕鹩鹞轿骠票铫〔萧韵同〕

【十九效】效教〔教训〕貌校孝闹豹罩棹觉〔寤也〕较窖爆炮〔枪炮〕泡〔肴韵同〕刨〔肴韵同〕稍钞〔肴韵同〕拗敲〔肴韵同〕淖

【二十号】号〔号令〕帽报导操〔操行〕盗噪灶奥告〔告诉〕诰到蹈傲暴〔强暴〕好〔爱好〕劳〔慰劳〕躁造〔造就〕冒悼倒〔颠倒〕燥犒靠懊瑁燠〔皓韵同〕耄糙套〔皓韵同〕纛〔沃韵同〕潦耗

【二十一个】个贺佐大〔泰韵同〕饿过〔歌韵同。又过失,独用〕座和〔唱和〕挫课唾播破卧货簸轲〔轗轲〕驮髁〔歌韵同〕磋作做剁磨〔磨磐〕懦糯缚锉挼些〔楚些〕

【二十二祃】祸驾夜下［降也］谢榭罢夏［春夏］霸暇灞嫁赦籍［凭籍］假［休假］蔗化舍［庐舍］价射骂稼架诈亚麝怕借卸帕坝耙鹧贳炙嘎乍咤诧侘（罅吓娅哑讶迓华［姓华］桦话胯［遇韵同］跨衩柘

【二十三漾】漾上［上下］望［阳韵同］相［卿相］将［将帅］状帐唱让浪［波浪］酿旷壮放向忘仗［养韵同］畅量［数量］葬匠障瘴谤尚涨饷样藏［库藏］舫访贶嶂当［适当］抗桁妄怆宕怅创酱况亮傍［依傍］丧［丧失］恙谅胀鬯脏［内脏］吭砀伉圹纩桄挡旺炕亢［高亢］阆防

【二十四敬】敬命正［正直］令［命令］证性政镜盛［茂盛］行［学行］圣咏姓庆映病柄劲竞靓净竟孟诤更［更加］并［梗韵同］聘硬炳泳迸横［蛮横］摒阱橙迎郑獍

【二十五径】径定听胜［胜败］磬罄应［答应］赠乘［名词］佞邓证秤称［相称］莹［庚韵同］孕兴［兴趣］剩凭［蒸韵同］迳甑宁胫暝［夜也］钉［动词］订饤锭謦泞瞪蹭蹬亘［亘古］镫［鞍镫］滢凳磴泾

【二十六宥】宥候就售［尤韵同］寿［有韵同］秀绣宿［星宿］奏兽漏富［遇韵同］陋狩昼寇茂旧胄宙袖岫柚覆复［又也］救厩臭佑右囿豆饾窦瘦漱咒究疚谬皱逅嗅遘溜镂逗透骤又侑幼读［句读］堠仆副［遇韵同］锈鹫绉咮灸籀酎诟蔻傀构扣购觳戊懋贸袤嗽凑貁毳沤［动词］

【二十七沁】沁饮［使饮］禁［禁令］任［信任］荫浸谮谶枕［动词］噤甚［寝韵同］鸩赁暗渗窨妊

【二十八勘】勘暗滥啖担憾暂三［再三］绀憨憯［咸韵同］瞰淡缆

【二十九艳】艳剑念验堑赡店占［占据］敛［聚敛］厌焰［俭韵同］垫欠僭酽潋滟俺砭站

【三十陷】陷鉴泛梵忏赚蘸嵌站馅

五、入声

【一屋】屋木竹目服福禄谷熟肉族鹿漉腹菊陆轴逐首蓿宿［住宿］牧伏凫读［读书］犊渎牍楘毂复［恢复］粥肃碌辘鷫育六缩哭幅斛戮仆畜蓄叔淑倏独卜馥沐速祝麓辘镞蹙筑穆睦秃縠覆辐瀑郁［忧郁，郁郁葱葱］舳掬踘蹴踘茯袱鹏鹆髑楤扑匐籔蔌煜复［复杂］蝠腹孰垫蠹竺曝鞫㬉谡簏国［职韵同］副

【二沃】沃俗玉足曲粟烛属录辱狱绿毒局欲束鹄蜀促触续浴酷躅褥旭欲笃督赎渌纛碡北［职韵同］瞩嘱勖湋缛梏

【三觉】觉［知觉］角桷榷岳乐［音乐］捉朔数［频数］卓啄琢剥驳雹璞朴壳确浊擢濯渥幄握学龌齪搦镯喔邈荦

【四质】质日笔出室实疾术一乙壹吉秩率律逸佚失漆栗毕恤密蜜桔溢瑟膝匹述黜弼跸七叱卒［终也］虱悉戌嫉帅［动词］蒺侄踬怵蟋筚篥必泌荜秩栉唧帙㴖谧昵轶聿诘耋垤捽苗鬵鹬窒苾

【五物】物佛拂屈郁［馥郁，郁郁乎文哉］乞掘［月韵同］吃［口吃］讫绂弗勿迄不怫绋沸茀厥倔黻崛尉蔚契屹熨［未韵同］绂

【六月】月骨发阙越谒没伐罚卒［士卒］竭窟笏钺歇突忽袜曰阀筏鹘［黠韵同］厥［物韵同］蹶蕨殁橛掘［物韵同］核蝎勃渤悖［队韵同］孛揭［屑韵同］碣粤樾蟩脖饽鹁捽［质韵同］猝忽兀讷［呐］羯凸咄［曷韵同］矻

【七曷】曷达末阔钵脱夺褐割沫拔［挺拔］葛阏渴泼豁括抹遏挞跋撮泼秣掇［屑韵同］聒獭［黠韵同］剌喝磕蘖瘌袜活鸹斡怛铍捋

【八黠】黠拔［拔擢］八察杀刹轧戛瞎刮刷滑辖铩猾捌叭札扎帕茁鹘揠萨捺

【九屑】屑节雪绝列烈结穴说血舌洁别缺裂热决铁灭折拙切悦辙诀泄锲咽［呜咽］轶噎彻澈哲鳖设啮劣玦截窃孽浙子桔颉拮撷揭褐［曷韵同］缬碣［月韵同］挈抉袭薛拽［曳］爇冽瞥迭跌阅餮垚捏页阕阒谲鴂撒蟊篾楔蹩绖啜缀撒绁杰桀涅霓蜺［齐，锡韵同］批［齐韵同］

【十药】药薄恶［善恶］作乐［哀乐］落阁鹤爵弱约脚雀幕洛壑索郭错跃若酌托削铎凿箔鹊诺萼度［测度］橐钥龠瀹着著虐掠获［收获］泊搏霍嚼勺谑绰霍镬莫铄缚貉各略骆寞膜鄂博昨柝格拓铄铄烁灼痄蒻箬芍蹃却噱矍攫酿踱魄酪络烙珞膊粕簿柞漠摸酢涸郝垩谔鳄噩锷颚缴扩椁陌［陌韵同］

【十一陌】陌石客白泽伯迹宅席策册碧籍［典籍］格役帛戟璧驿麦额柏魄积［积聚］脉夕液尺隙逆画［动词］百辟赤易［变易］革脊翮展获［猎获］适索厄隔益窄核乌掷责圻惜癖僻披腋释译峄择摘弈奕迫疫昔赫瘠谪亦硕貊跖鹡碛踖只炙［动词］踯斥夃骼舶珀吓礋拆喀蚱酢剧襞擘栅啧帻箦扼划蜴辟幗蜖刺崿汐藉螫蓦摭襞虩哑［笑声］绎射［音亦］

【十二锡】锡壁历枥击绩缋笛敌镝檄激寂觋溺觅狄获幂戚鹝涤的吃沥雳惕踢剔砾翟伣倜析晰浙蜥劈甓嫡轹栎阋茷踢迪皙裼逖蜺阋汨［汨罗江］

【十三职】职国德食［饮食］蚀色力翼墨极殛息熄直值得

北黑侧贼饰刻则塞［闭塞］式轼域蜮殖植敕丞棘惑忒默织匿慝亿忆臆薏特勒肋幅仄昃稷识［知识］逼克即唧［质韵同］弋拭陟恻测翊洫啬穑鲫抑或阈［屋韵同］

【十四缉】缉辑戢立集邑急入泣湿习给十拾袭及级涩楫［叶韵同］粒汁蛰执笠隰汲吸絷挹浥悒岌熠茸什芨廿揖煜［屋韵同］歙笈［叶韵同］圾褶翕

【十五合】合塔答纳榻阁杂腊匝阖蛤衲沓鸽踏拓拉盍塌唼盒卅搭褡飒磕榼遢蹋蜡溘邋跲

【十六叶】叶帖贴牒接猎妾蝶叠箧惬涉霎捷颊楫［缉韵同］聂摄慑镊蹑协侠荚铗浃睫厌餍喋躞燮摺辄婕谍堞霎嗫喋碟鲽捻晔躐笈［缉韵同］

【十七洽】洽狭峡法甲业邺匣压鸭乏怯劫胁插锸押狎夹恰峡硖掐劄袷眨胛呷歃闸霎［叶韵同］

附录四　词韵简编

说明：

《词韵简编》由张珍怀录辑，附录于龙榆生《唐宋词格律》一书。

（一）本编依据清代戈载著《词林正韵》一书删去僻字，故称"简编"。

（二）繁体字一律改成简体字，繁体里不同的字在简体里并为一字者，若在同一韵目，则不加说明，若在不同韵目，则在"[ ]"内加以说明。"（）"内为原书中对前字的附注说明。

第一部

平声：一东二冬通用

【一东】东同童僮铜桐峒筒瞳中（中间）衷忠盅虫冲终忡崇嵩（崧）蕠戎绒弓躬宫穹融雄熊穷冯风枫疯丰充隆癃空公功工攻蒙濛朦蓊笼胧栊咙聋珑砻泷蓬篷洪荭红虹鸿丛翁嗡囪葱聪骢通棕烘崆

【二冬】冬咚彤农侬宗淙锺钟龙茏舂松淞冲容榕蓉溶庸佣慵封胸凶匈汹雍邕痈浓脓重（重复）从（服从）逢缝峰锋丰蜂烽葑纵（纵横）踪茸蛩邛笻蹱供（供给）蚣喁

仄声：上声一董二肿；去声一送二宋通用

【一董】董懂动孔总笼（东韵同）拢桶捅蓊蠓汞

【二肿】肿种（种子）踵宠垅（陇）拥冗重（轻重）冢捧

勇甬踊涌俑蛹恐拱竦悚耸巩怂奉

【一送】送梦凤洞众瓮贡弄冻痛栋恸仲中（击中）粽讽空（空缺）控哄赣

【二宋】宋用颂诵统纵（放纵）讼种（种植）综俸供（供设，名词）从（仆从）缝（隙也）重（再也）共

第二部

平声：三江七阳通用

【三江】江缸窗邦降（降伏）双泷庞撞豇扛杠腔棑桩幢蛩（冬韵同）

【七阳】阳扬杨洋羊徉佯芳妨方坊防肪房亡忘望（漾韵同）忙茫芒妆庄装奘香乡湘厢箱镶芗相（相互）襄骧光昌堂唐糖棠塘章张王常长（长短）裳凉粮量（衡量）梁粱良霜藏（收藏）肠场尝偿床央鸯秧殃郎廊狼榔踉浪（沧浪）浆将（持也，送也）疆僵姜缰舫娘黄皇遑惶徨煌仓苍舱沧伤殇商帮汤创（创伤）疮强（刚强）墙樯嫱蔷康慷（养韵同）囊狂糠冈刚钢纲匡筐荒慌行（行列）杭航桁翔详祥庠桑彰璋漳獐猖倡凰邙臧赃昂丧（丧葬）阆羌枪锵抢（突也）蜣跄篁簧璜潢攘飘亢吭（漾韵并同）旁傍（侧也）孀骦当（应当）裆珰铛泱炀蝗隍怏育汪鞅滂螂伥（漾韵同）细琅顽伥螗

仄声：上声三讲二十二养；去声三绛二十三漾通用

【三讲】讲港项棒蚌耩

【二十二养】养痒象像橡仰朗桨奖蒋敞氅厂枉往颡强（勉强）惘两曩丈杖仗（漾韵同）响掌党想鲞榜爽广享向飨幌莽纺长（长幼）网荡上（上升）壤赏仿冏谠倘魍魉谎蟒漭嗓盎恍脏［肮脏］

吭沉慷襁镪抢肮犷

【三绛】绛降（升降）巷撞（江韵同）戆

【二十三漾】漾上（上下）望（阳韵同）相（卿相）将（将帅）状帐唱让浪（波浪）酿旷壮放向忘仗（养韵同）畅量（数量）葬匠障瘴谤尚涨饷样藏（库藏）舫访贶嶂当（适当）抗桁妄怆宕怅创酱况亮傍（依傍）丧（丧失）恙谅胀鬯脏[内脏]吭砀伉圹纩桄挡旺炕亢（高亢）阆防

第三部

平声：四支五微八齐十灰（半）通用

【四支】支枝肢移簃为（施为）垂吹陂碑奇宜仪皮儿离施知驰池规危夷师姿迟龟眉悲之芝时诗棋旗辞词期祠基疑姬丝司葵医帷思滋持随痴维厄麾墀弥慈遗肌脂雌披嬉尸狸炊湄篱兹差（参差）疲茨卑亏蕤骑（跨马）歧岐谁斯澌私窥熙欺疵赀羁彝髭颐资縻饥衰锥姨夔衹涯（佳、麻韵同）伊追缁其箕治（治国）尼而推（灰韵同）匙陲魑缍璃骊嬴帔罴糜蘼脾芪畸牺羲曦欹漪猗崎崖萎筛狮螭鸥绥虽粢瓷椎饴鳌痍惟唯机耆迤岢丕毗枇貔楣霉辎蚩嗤媸飔圯莳鲥鹚笞漓怡贻禧噫其琪祺麒巇螭栀鹂累跠琵嵋

【五微】微薇晖辉徽挥韦围帏违闱霏菲（芳菲）妃飞非扉肥威祈畿机几（微也、如见几）讥玑稀希衣（衣服）依归饥（支韵同）矶欷诽绯晞葳巍沂圻顽

【八齐】齐黎犁梨妻（夫妻）萋凄堤低题提蹄啼鸡稽兮倪霓西栖犀嘶撕梯鼙赍迷泥溪蹊圭闺携畦秕跻奚脐醍鹥蠡醯鹈奎批砒睽荑笓奮藜猊鲵羝

【十灰（半）】灰恢魁隈回徊槐（佳韵同）梅枚玫媒煤雷颓崔催摧堆陪杯醅嵬推（支韵同）诙裴培盃偎煨瑰茴追胚俳坏桅傀偎（贿韵同）莓

仄声：上声四纸五尾八荠十贿（半）；去声四寘五未八霁九泰（半）十一队（半）通用

【四纸】纸只咫是靡彼毁委诡髓累技绮觜此泚蕊徙尔弭婢侈弛豕紫旨指视美否（否泰）痞咒几姊比水轨止徵市喜已纪跪妓蚁鄙匕子仔梓矢雉死履垒癸趾址以已似耜祀史驶耳使（使令）里理李起杞圮跂士仕俟始齿矣耻鹿枳峙鲤迩氏玺巳（辰巳）滓苡倚匕迤逦旖庋舣妣秕芷拟你企诔捶骳揣豸祉恃

【五尾】尾苇鬼岂卉几（几多）伟斐菲（菲薄）匪篚娓悱椲匙炜魭玮虮

【八荠】荠礼体米启陛洗邸底抵弟坻柢涕悌济（水名）澧醴诋眯娣棨递昵睨蠡

【十贿（半）】贿悔罪馁每块汇［汇合］猥璀磊蕾傀儡腿

【四寘】寘置事地意志思（名词）泪吏赐自字义利器位戏至次累（连累）伪寺瑞智记异致备肆翠骑（车骑，名词）使（使者）试类弃饵媚鼻易（容易）辔坠醉议翅避笥帜炽粹莳谊帅厕寄睡忌贰萃穗二臂嗣吹（鼓吹，名词）遂恣四骥季刺驷寐积（积蓄）被懿觊冀愧匮恚馈蒉篑柜暨庇豉莉腻秘比（近也）鸷懿訾示嗜饲饲遗（馈遗）蕙祟值愒羸眦罾企渍譬跛挚燧隧悴尿稚雉莅悸肆泌识（记也）侍踬为（因为）

【五未】未味气贵费沸尉畏慰蔚魏纬胃汇［字汇］谓渭卉（尾韵同）讳毅既衣（着衣，动词）蜚溉（队韵同）翡诽

【八霁】霁制计势世丽岁济（渡也）第艺惠慧币弟滞际涕（荠韵同）厉契（契约）敝弊毙帝蔽髻锐戾裔袂系祭卫隶闭逝缀翳替细桂税婿例誓筮蕙诣砺励瘗噬继脆睿毳曳蒂睇妻（以女妻人）递逮蓟蚋薛荔唳捩粝泥（拘泥）媲嬖彗睥睨剂嚏谛缔剃屉悌俪锲贲掣羿棣蟪薤娣说（游说）赘憩鳜巇呓谜挤

【九泰（半）】会斾最贝沛霈绘脍荟狈侩桧蜕醉外兑

【十一队（半）】队内辈佩退碎背莩对废悔诲晦昧配妹喙溃吠肺耒块碓刈悖焙淬敦（盘敦）

第四部

平声：六鱼七虞通用

【六鱼】鱼渔初书舒居裾琚车（麻韵同）渠蕖余予（我也）誉（动词）舆胥狙锄疏蔬梳虚嘘墟徐猪闾庐驴诸储除滁蜍如畲淤纡苴菹沮俎龉茹榈於祛蘧疽蛆醵纾樗躇（药韵同）欤据（拮据）

【七虞】虞愚娱隅无芜巫于衢癯瞿氍儒襦濡须需朱珠株诛姗铢蛛殊俞瑜榆愉逾渝訾谀腴区躯驱岖趋扶符凫芙雏敷麸夫肤纡输枢厨俱驹模谟摹蒲逋胡湖瑚乎壶狐弧孤辜姑觚菰徒途涂荼图屠奴吾梧吴租卢鲈炉芦颅垆蚨孥帑苏酥乌污（污秽）枯粗都茱侏姝禺拘嵎蹰桴俘臾萸吁滹瓠糊醐呼沽酤泸舻轳鸬鸶匍葡铺（铺盖）菟诬呜迂盂竽跗毋孺醻鹄骷刳蛄晡蒱葫呱蝴劬俎猢郛乎

仄声：上声六语七麌；去声六御七遇通用

【六语】语（语言）圄圉吕侣旅杼伫与（给予）予（赐予）渚煮暑鼠汝茹（食也）黍杵处（居住、处理）贮女许拒炬距所楚础阻俎沮叙绪序屿墅巨去（除也）苣举讵潊浒钜醑咀诅苎抒楮

【七麌】麌雨宇舞府鼓虎古股贾（商贾）估土吐圃庚户树（种植，动词）煦诩努辅组乳弩补鲁橹睹腐数（动词）簿竖普侮斧聚午伍釜缕部柱矩武五苦取抚浦主杜坞祖愈堵扈父甫禹羽怒（遇韵同）腑拊俯罟赌卤姥鹉拄莽（养韵同）栩婺脯妩庑否（是否）麈褛篓偻酤牡谱怙肚踽房孥诂瞽牯羧祜沪雇仵缶母某亩盅琥

【六御】御处（处所）去虑誉（名词）署据驭曙助絮著（显著）箸豫恕与（参与）遽疏（书疏）庶预语（告也）踞倨濒淤锯觑狙（鱼韵同）蓣薯

【七遇】遇路辂赂露鹭树（树木）度（制度）渡赋布步固素具务雾鹜数（数量）怒（麌韵同）附兔故顾句墓慕暮募注住注驻炷祚裕误悟痼戍库护屦诉妒惧趣娶铸绔傅付谕喻妪芋捕哺互孺寓赴沍吐（麌韵同）污（动词）恶（憎恶）晤煦酗讣仆（偃仆）赙驸嫭锢蛀飓怖铺（店铺）塑愫蠹溯镀璐雇瓠迕妇负阜副富（宥韵同）醋措

第五部

平声：九佳（半）十灰（半）通用

【九佳（半）】佳街鞋牌柴钗差（差使）崖涯（支麻韵同）偕阶皆谐骸排乖怀淮豺侪埋霾斋槐（灰韵同）睚崽楷秸揩挨俳

【十灰（半）】开哀埃台苔抬该才材财裁栽哉来莱灾猜孩俫骀胎唉垓挨皑呆腮

仄声：上声九蟹十贿（半）；去声九泰（半）十卦（半）十一队（半）通用

【九蟹】蟹解洒楷（佳韵同）拐矮摆买骇

【十贿（半）】海改采彩在宰醢铠恺待殆怠乃载（岁也）凯闾倍蓓迨亥

【九泰（半）】泰太带外盖大（个韵同）濑赖籁蔡害蔼艾丐奈柰汰癞霭

【十卦（半）】懈廨邂隘卖派债怪坏诫戒界介芥械薤拜快迈败稗晒澥湃寨疥届蒯簧黄喟聩块忾

【十一队（半）】塞（边塞）爱代载（载运）态菜碍戴贷黛概岱溉慨耐在（所在）鼐玳再袋逮埭赉赛忾暖咳嗳眛

第六部

平声：十一真十二文十三元（半）通用

【十一真】真因茵辛新薪晨辰臣人仁神亲申身宾滨槟缤邻鳞麟珍瞋尘陈春津秦频苹颦濒银垠筠巾囷民岷泯（轸韵同）珉贫纯淳醇纯唇伦轮沦抡匀旬巡驯钧均榛遵循甄宸纶椿䳑嶙辚磷呻伸绅寅姻荀询峋氤恂嫔彬皴娠闽纫湮肫逡菌臻䪥

【十二文】文闻纹蚊云分（分离）氛纷芬焚坟群裙君军勤斤筋勋薰曛醺芸耘芹欣氲荤汶汾殷雯贲纭昕熏

【十三元（半）】魂浑温孙门尊（樽）存敦墩炖礅蹲豚村屯囤（囤积）盆奔论（动词）昏痕根恩吞荪扪裈鲲坤仑婚阍髡馄猢饨臀跟瘟飧

仄声：上声十一轸十二吻十三阮（半）；去声十二震十三问十四愿（半）通用

【十一轸】轸敏允引尹尽忍准隼笋盾（阮韵同）闵悯菌（真韵同）蚓牝殒紧蠢陨哂诊疹赈肾蜃膑黾泯窘吮缜

【十二吻】吻粉蕴愤隐谨近忿抆刎愠槿瑾悃韫

【十三阮（半）】混棍阃悃捆衮滚鲧稳本畚笨损忖囤遁很沌恳垦龈

【十二震】震信印进润阵镇刃顺慎鬓晋骏闰峻衅振俊舜赆吝烬讯仞迅汛趁衬仅觐蔺浚赈（轸韵同）龀认殡摈缙躏廑谆瞬韧浚殉馑

【十三问】问闻（名誉）运晕韵训粪忿（吻韵同）酝郡分（名分）紊愠近（动词）抆拼奋郓捃靳

【十四愿（半）】论（名词）恨寸困顿遁（阮韵同）钝闷逊嫩溷诨巽褪喷（元韵同）垠揾

第七部

平声：十三元（半）十四寒十五删一先通用

【十三元（半）】元原源沅鼋园袁猿垣烦蕃樊喧萱暄冤言轩藩媛援辕番繁翻幡璠鸳鹓蜿湲爰掀燔圈谖

【十四寒】寒韩翰（翰韵同）丹单安鞍难（艰难）餐檀坛滩弹残干肝竿阑栏澜兰看（翰韵同）刊丸完桓纨端湍酸团攒官观（观看）鸾銮峦冠（衣冠）欢宽盘蟠漫（大水貌）叹（翰韵同）邯郸摊玕拦珊狻骭杆跚姗殚箪瘫谰獾倌棺剜潘拚（问韵同）槃般蹒瘢磐瞒谩馒鳗钻拵邗汗（可汗）

【十五删】删潸关弯湾还环鬟寰班斑蛮颜奸攀顽山闲艰间（中间）悭患（谏韵同）孱潺擐菅般（寒韵同）颁髻疝讪斓娴鹇鳏殷（赤黑色）纶（纶巾）

【一先】先前千阡笺天坚肩贤弦烟燕（地名）莲怜连田填巅鬈宣年颠牵妍研（研究）眠渊涓捐娟边编悬泉迁仙鲜（新鲜）

钱煎然延筵毡旃蝉缠廛联篇偏绵全镌穿川缘鸢旋船涎鞭专圆员乾（乾坤）虔愆权拳椽传焉嫣鞯褰搴铅舷跹鹃荃痊诠悛邅禅婵躔颛燃涟琏便（安也）翩骈癫阗钿（霰韵同）沿蜒胭芊鳊胼滇佃畋咽湮狷蠲蔫骞膻扇棉拴荃籼砖挛儇欢璇卷（曲也）扁（扁舟）单（单于）溅（溅溅）犍

仄声：上声十三阮（半）十四旱十五潸十六铣；去声十四愿（半）十五翰十六谏十七霰通用

【十三阮（半）】阮远（远近）晚苑返反饭（动词）偃蹇琬沅宛婉畹菀蜿绻巘挽堰

【十四旱】旱暖管琯满短馆（翰韵同）缓盥（翰韵同）碗懒伞伴卵散（散布）伴诞罕瀚（浣）断（断绝）侃算（动词）款但坦袒纂缎拌懒罐莞

【十五潸】潸眼简版板阪盏产限绾柬拣撰馔赧皖汕铲羼栋栈

【十六铣】铣善（善恶）遣（遣送）浅典转（霰韵同）衍犬选冕辇免展茧辨篆勉剪卷显钱（霰韵同）践喘藓软寋（阮韵同）演充件腆跣缅缱鲜（少也）殄扁匾蚬岘畎燹隽键变泫癣阐颤膳鳝舛娩辗邅（先韵同）脔瓣捻

【十四愿（半）】愿怨万饭（名词）献健建宪劝蔓券远（动词）侃键贩畈曼挽［挽联］瑗媛圈（猪圈）

【十五翰】翰（寒韵同）瀚岸汉难（灾难）断（决断）乱叹（寒韵同）观（楼观）干［树干，干练］散（解散）旦算（名词）玩烂贯半案按炭汗赞漫（寒韵同。又副词，独用）冠（冠军）灌爨窜幔粲灿璨换焕唤涣悍弹（名词）惮段看（寒韵同）判叛绊鹳伴畔锻腕惋馆旰捍疸但罐盥婉缎缦侃蒜钻谰

第五编 附录 217

【十六谏】谏雁患涧间（间隔）宦晏慢盼篆栈（霰韵同）惯串绽幻瓣苋办谩讪（删韵同）铲绾孪篡裥扮

【十七霰】霰殿面县变箭战扇煽膳传（传记）见砚院练链燕宴贱馔荐绢彦掾便（便利）眷倦羡奠遍恋啭眩钏倩卞汴片禅（封禅）谴溅饯善（动词）转（以力转动）卷（书卷）甸电咽茜单念[念书]晒淀靛佃钿（先韵同）镟漩拣缮现狷炫绚绽线煎选旋颤擅缘（衣饰）撰喑谚媛忏弁援研（磨研）

第八部

平声：二萧三肴四豪通用

【二萧】萧萧挑貂刁凋雕迢条髫调（调和）蜩枭浇聊辽寥撩寮僚尧宵消霄绡销超朝潮嚣骄娇蕉焦椒饶硝烧（焚烧）遥徭摇谣瑶韶昭招镳瓢苗猫腰桥乔娆妖飘逍潇鸮骁桃鹪鹩缭獠嘹夭（夭夭）幺邀要（要求）姚樵谯憔标飑嫖漂（漂浮）剽佻超苕岩噍晓跷侥了[明了]魈峣描钊轺桡佻鹞翘枵侨窑礁

【三肴】肴巢交郊茅嘲钞包胶苞梢姣庖匏坳敲胞抛蛟崤鸡鞘抄鳌咆凹淆教（使也）跑艄捎爻咬铙茭炮（炮制）泡鲛刨抓

【四豪】豪劳毫操（操持）髦绦刀萄猱褒桃糟旄袍挠（巧韵同）蒿涛皋号（号呼）陶鳌曹遭羔糕高搔毛艘滔骚韬缲膏牢醪逃濠壕饕洮淘叨嗷篙熬遨翱嗷臊嗥尻麈螯獒敖牦漕嘈槽掏唠捞痨芼

仄声：上声十七筱十八巧十九皓；去声十八啸十九效二十号通用

【十七筱】筱小表鸟了[未了，了得]晓少（多少）扰绕

绍杪沼眇矫皎杳窈窕袅挑（挑拨）掉（啸韵同）肇缥缈渺淼茑赵兆缴缭（萧韵同）夭（夭折）悄舀侥蓼娆硗剿晁藐秒殍

【十八巧】巧饱卯狡爪鲍挠（豪韵同）搅绞拗咬炒吵佼姣（肴韵同）昂茆獠（萧韵同）

【十九皓】皓宝藻早枣老好（好丑）道稻造（造作）脑恼岛倒（跌到）祷（号韵同）捣抱讨考燥扫（号韵同）嫂保鸨稿草昊浩镐杲缟槁堡皂瑙媪燠袄懊葆褓茇澡套涝蚤拷栲

【十八啸】啸笑照庙窍妙诏召邵要（重要）曜耀调（音调）钓吊叫眺少（老少）诮料疗潦掉（筱韵同）峤徼跳嘹漂镣廖尿肖鞘悄（筱韵同）峭哨俏醮燎（筱韵同）鹩鹞轿骠票铫（萧韵同）

【十九效】效教（教训）貌校孝闹豹罩櫂觉（寤也）较窖爆炮（枪炮）泡（肴韵同）刨（肴韵同）稍钞（肴韵同）拗敲（肴韵同）淖

【二十号】号（号令）帽报导操（操行）盗噪灶奥告（告诉）诰到蹈傲暴（强暴）好（爱好）劳（慰劳）躁造（造就）冒悼倒（颠倒）燥犒靠懊瑁燠（皓韵同）耄糙套（皓韵同）纛（沃韵同）潦耗

第九部

平声：五歌（独用）

【五歌】歌多罗河戈阿和（和平）波科柯陀娥蛾鹅萝荷（荷花）何过（经过）磨（琢磨）螺禾珂蓑婆坡呵哥轲沱鼍拖驼跎佗（他）颇（偏颇）峨俄摩么娑莎迦疴苛蹉嵯驮箩逻锣哪挪锅讹窠蝌髁倭涡窝讹陂鄱嶓梭唆骡捼瘸搓哦瘥酡

仄声：上声二十哿；去声二十一个通用

【二十哿】哿火舸（享单）舵我拖娜荷（负荷）可左果裹

朵锁琐堕惰妥坐（坐立）裸跛颇（稍也）夥颗祸桠婀逻卵那坷爹（麻韵同）簸叵垛哆硪么（歌韵同）峨（歌韵同）

【二十一个】个贺佐大（泰韵同）饿过（歌韵同。又过失，独用）座和（唱和）挫课唾播破卧货簸轲（轗轲）驮髁（歌韵同）磋作做剁磨（磨磐）懦糯缚锉捼些（楚些）

第十部

平声：九佳（半）六麻通用

【九佳（半）】佳涯（支麻韵同）娲蜗蛙娃哇

【六麻】麻花霞家茶华沙车（鱼韵同）牙蛇瓜斜邪芽嘉瑕纱鸦遮叉奢涯（支佳韵同）巴耶嗟遐加笳赊楂差（差错）蟆骅虾葭袈裟砂衙呀琶杷芭粑笆疤爬葩些（少也）佘鲨查楂渣爹挝吒拿椰珈跏枷迦痂茄桠丫哑划哗夸胯抓洼呱

仄声：上声二十一马；去声十卦（半）二十二祃通用

【二十一马】马下（上下）者野雅瓦寡社写泻夏（华夏）也把厦惹冶贾（姓贾）假（真假）且玛姐舍喏赭洒踠剐打耍那

【十卦（半）】卦挂画（图画）

【二十二祃】祃驾夜下（降也）谢榭罢夏（春夏）霸暇灞嫁赦籍（凭籍）假（休假）蔗化舍（庐舍）价射骂稼架诈亚麝怕借卸帕坝耙鹧赁炙嘎乍咤诧侘鲙吓唖讶迓华（姓华）桦话胯（遇韵同）跨衩柘

第十一部

平声：八庚九青十蒸通用

【八庚】庚更（更改）羹盲横（纵横）觥彭亨英烹平枰京

惊荆明盟鸣荣莹兵兄卿生甥笙牲擎鲸迎行（行走）衡耕萌甍宏闳茎罂莺樱泓橙争筝清情晴精睛菁晶旌盈楹瀛赢嬴营婴缨贞成盛（盛受）城诚呈程醒声征正（正月）轻名令（使令）并（并州）倾萦琼峥嵘撑粳坑铿撄鹦黥蘅澎膨棚浜坪苹钲伧榠嘤轰铮狰宁狞瞪绷怦璎砰泯鲭侦桯蛏茔赪荣赓黉瞠

【九青】青经泾形陉亭庭廷霆蜓停丁仃馨星腥醒（醉醒）惺俜灵龄玲铃伶零听（径韵同）冥溟铭瓶屏萍荧萤荣扃坰蜻硎苓聆瓴翎婷婷宁暝瞑螟猩钉疔叮厅町泠棂図羚蛉咛型邢

【十蒸】蒸氶承丞惩澄陵凌绫菱冰膺鹰应（应当）蝇绳升缯凭乘（驾乘，动词）胜（胜任）兴（兴起）仍兢矜征（征求）称（称赞）登灯僧憎增曾罾层能朋鹏肱薨腾藤恒罾崩滕誊崚嶒姮塍冯症簦蕾凝（径韵同）棱楞

仄声：上声二十三梗二十四迥；去声二十四敬二十五径通用

【二十三梗】梗影景井岭领境警请饼永骋逞颖颍顷整静省幸颈郢猛丙炳杏秉耿矿冷靖哽绠荇艋蜢皿儆悻婧阱狰（庚韵同）靓惺打瘿并[合并]犷眚憬鲠

【二十四迥】迥炯茗挺艇梃醒（青韵同）酩酊并[并行，并且]等鼎顶肯拯罄到溟

【二十四敬】敬命正（正直）令（命令）证性政镜盛（茂盛）行（学行）圣咏姓庆映病柄劲竞靓净竟孟诤更（更加）并[梗韵同]聘硬炳泳迸横（蛮横）摒阱檠迎郑獍

【二十五径】径定听胜（胜败）磬罄应（答应）赠乘（名词）佞邓证秤称（相称）莹（庚韵同）孕兴（兴趣）剩凭（蒸韵同）迳甑宁胫暝（夜也）钉（动词）订钉锭謦泞瞪蹭蹬亘（亘古）镫（鞍镫）滢凳磴泾

第十二部

平声：十一尤（独用）

【十一尤】尤邮优尢流旒留骝榴刘由油游猷悠攸牛修羞秋周州洲舟酬雠柔俦畴筹稠丘邱抽瘳道收鸠搜驺愁休因求裘仇浮谋牟眸侔矛侯喉猴讴鸥楼陬偷头投钩沟幽纠啾楸蚯踌绸惆勾娄琉疣犹邹兜呦咻貅球蜉蝣辀辅雠阄瘤硫浏麻湫泅酋瓯啁飕鳌篌抠篝诌骰偻沤（水泡，名词）蝼髅搂欧彪掊虬揉蹂抔不（与有韵"否"通）瓿缪（绸缪）

仄声：上声二十五有；去声二十六宥通用

【二十五有】有酒首口母（麌韵同）妇（麌韵同）柳友斗狗久负（麌韵同）厚手叟守否（麌韵同）右受牖偶走阜（麌韵同）九后咎薮吼帚垢舅纽藕朽臼肘韭亩（麌韵同）剖诱牡（麌韵同）缶酉苟丑糗扣叩某莠寿绶玖授蹂（尤韵同）揉（尤韵同）溲纣钮扭呕殴纠耦掊瓿拇㧌绺抖陡蚪篓懰起取（麌韵同）

【二十六宥】宥候就售（尤韵同）寿（有韵同）秀绣宿（星宿）奏兽漏富（遇韵同）陋狩昼寇茂旧胄宙袖岫柚覆复（又也）救厩臭佑右囿豆饾窦瘦漱咒疚谬皱逅嗅遘溜镂逗透骤又侑幼读（句读）堠仆副（遇韵同）锈鹫绉呪灸籀酎诟蔻僦构扣购彀戊懋贸麦嗽凑鼬鞣沤（动词）

第十三部

平声：十二侵（独用）

【十二侵】侵寻浔临林霖针箴斟沈心琴禽擒衾钦吟今襟（衿）金音阴岑簪（覃韵同）壬任（负荷）歆森禁（力所胜任）浸暗

琛浽骎参（参差）忱淋妊掺参［人参］椹梻芩檎蟫憎喑黔嵚

仄声：上声二十六寝；去声二十七沁通用

【二十六寝】寝饮（饮食）锦品枕（枕衾）审甚（沁韵同）廪衽稔凛懔沈（姓氏）朕荏婶沈［沈阳］葚禀噤谂怎恁饪罩

【二十七沁】沁饮（使饮）禁（禁令）任（信任）荫浸谮谶枕（动词）噤甚（寝韵同）鸩赁喑渗窨妊

第十四部

平声：十三覃十四盐十五咸通用

【十三覃】覃潭参（参考）骖南楠男谙庵含涵函（包函）岚蚕探贪耽眈毚堪谈甘三酣柑惭蓝担簪（侵韵同）谭昙坛婪戡颔痰篮襤蚶憨泔聃邯蟫（侵韵同）

【十四盐】盐檐廉帘嫌严占（占卜）髯谦佥纤签瞻蟾炎添兼缣沾尖潜阎镰黏淹钳甜恬拈砭詹鹣歼黔钤金觇崦渐鹣腌襜阎

【十五咸】咸函（书函）缄岩谗衔帆衫杉监（监察）凡馋芟摻喃嵌掺巉

仄声：上声二十七感二十八俭二十九豏；去声二十八勘二十九艳三十陷通用

【二十七感】感览揽胆澹（淡，勘韵同）唵坎惨敢颔（覃韵同）撼毯糁湛菡萏罱橄喊嵌（咸韵同）橄榄

【二十八俭】俭焰敛（艳韵同）险检脸染掩点簟贬冉苒陕谄俨闪剡忝（艳韵同）琰奄欠芡崭堑渐（盐韵同）罨掞弇崦玷

【二十九豏】豏槛范减舰犯湛巉（咸韵同）斩黯范

【二十八勘】勘暗滥唅担憾暂三（再三）绀憨澹（咸韵同）瞰淡缆

【二十九艳】艳剑念验堑赡店占（占据）敛（聚敛）厌焰（俭韵同）垫欠僭酽潋滟俺砭坫
【三十陷】陷鉴泛梵忏赚蘸嵌站馅

第十五部

入声：一屋二沃通用

【一屋】屋木竹目服福禄谷熟肉族鹿漉腹菊陆轴逐苜蓿宿（住宿）牧伏夙读（读书）犊渎牍椟黩縠复（恢复）粥肃碌骗鬻育六缩哭幅斛戮仆畜蓄叔淑倏独卜馥沐速祝麓辘镞蹙筑穆睦秃觳覆辐瀑郁[忧郁，郁郁葱葱]舳掬踘蹴蹐茯袯鹏鹄髑槲扑匐簌蔟煜兕[复杂]蝠菔孰塾矗竺曝鞠嗾谡簏国（职韵同）副
【二沃】沃俗玉足曲粟烛属录辱狱绿毒局欲束鹄蜀促触续浴酷躅褥旭欲笃督赎渌纛碡北（职韵同）瞩嘱勖溽缛桔

第十六部

入声：三觉十药通用

【三觉】觉（知觉）角榷权岳乐（音乐）捉朔数（频数）卓啄琢剥驳雹璞朴壳确浊擢濯渥幄握学龌龊榘搦镯喔邈荦
【十药】药薄恶（善恶）作乐（哀乐）落阁鹤爵弱约脚雀幕洛壑索郭错跃若酌托削铎凿箔鹊诺萼度（测度）橐钥龠瀹着著虐掠获[收获]泊搏藿嚼勺谑廓绰霍镬莫鞟缚貉各略骆寞膜鄂博昨柝格拓轹铄烁灼疟蒻箬芍踱却噱蘥攫酿皭魄酪络烙珞膊粕簿柞漠摸酢涸郝垩谔鳄噩锷颚缴扩樗陌（陌韵同）

第十七部

入声：四质十一陌十二锡十三职十四缉通用

【四质】质日笔出室实疾术一乙壹吉秩率律逸佚失漆栗毕恤密蜜桔溢瑟膝匹述黜弼跸七叱卒（终也）虱悉戌嫉帅（动词）蒺佚踬怵蟋筚篥必泌荜秫栉唧帙溧谧昵轶聿诘鸷垤捽茁膪鹬窒苾

【十一陌】陌石客白泽伯迹宅席策册碧籍（典籍）格役帛戟璧驿麦额柏魄积（积聚）脉夕液尺隙逆画（动词）百辟赤易（变易）革脊翮屐获[猎获]适索厄隔益窄核舃掷责坼惜癖僻掖腋释译峄择摘弈奕迫疫昔赫瘠谪亦硕貊跖鹡碛蹐只炙（动词）踯斥乇鬲骼舶珀吓磔拆喀蚱胙剧檗擘栅啧帻箦扼划蜴辟帼蝈刺崿汐藉螫蓦撼襞虢哑（笑声）绎射（音亦）

【十二锡】锡壁历枥击绩笛敌滴镝檄激寂觋溺觅狄荻幂戚鹢涤的吃沥霹惕剔砾翟籴倜析晰淅蜥劈甓嫡轹枥阒菂踢迪皙裼逖蜺阋泪（汨罗江）

【十三职】职国德食（饮食）蚀色力翼墨极殛息熄直值得北黑侧贼饰刻则塞（闭塞）式轼域蜮殖植敕亟棘惑忒默织匿慝亿忆臆薏特勒肋幅仄昃稷识（知识）逼克即唧（质韵同）弋拭陟恻测翊洫啬穑鲫抑或匐（屋韵同）

【十四缉】缉辑戢立集邑急入泣湿习给十拾袭及级涩楫（叶韵同）粒汁蛰执笠隰汲吸絷挹浥悒岌熠葺什芨廿揖煜（屋韵同）歙笈（叶韵同）圾褶翕

第十八部

入声：五物六月七曷八黠九屑十六叶通用

【五物】物佛拂屈郁［馥郁，郁郁乎文哉］乞掘（月韵同）吃（口吃）讫绂弗勿迄不怫绋沸茀厥倔黻崛尉蔚契屹熨（未韵同）绂

【六月】月骨发阙越谒没伐罚卒（士卒）竭窟笏钺歇突忽袜曰阀筏鹘（黠韵同）厥（物韵同）蹶蕨殁橛掘（物韵同）核蝎勃渤悖（队韵同）孛揭（屑韵同）碣粤樾鳜脖饽鹁捽（质韵同）猝惚兀讷（呐）羯凸咄（曷韵同）矻

【七曷】曷达末阔钵脱夺褐割沫拔（挺拔）葛刖渴拨豁括抹遏挞跋撮泼秣掇（屑韵同）聒獭（黠韵同）剌喝磕蘖癞袜活鸹斡怛钹捋

【八黠】黠拔（拔擢）八察杀刹轧戛瞎刮刷滑辖铩猾捌叭札扎帕苴鹘掴萨挲

【九屑】屑节雪绝列烈结穴说血舌洁别缺裂热决铁灭折拙切悦辙诀泄锲咽（呜咽）轶噎彻澈哲鳖设啮劣玦截窃孽浙子桔颉拮撷揭褐（曷韵同）缬碣（月韵同）挈抉亵薛拽（曳）爇冽蹩迭跌阅餮龁垤捏页阕谲鸠撒蟹篾楔惬辍啜缀撤绁杰桀涅霓蜺（齐锡韵同）批（齐韵同）

【十六叶】叶帖贴牒接猎妾蝶叠箧惬涉鬣捷颊楫（缉韵同）聂摄慑镊蹑协侠荚挟铗浃睫厌餍堞蹀躞慑摺辄婕谍堞叆啜喋鲽捻晔躞笈（缉韵同）

第十九部

入声：十五合十七洽通用

【十五合】合塔答纳榻阁杂腊匝阖蛤衲沓鸽踏拓拉盍塌唼盒卅搭褡飒磕榼遢蹋蜡溘邋趿

【十七洽】洽狭峡法甲业邺匣压鸭乏怯劫胁插锸押狎夹恰蛱硖掐劄袷眨胛呷歃闸霎（叶韵同）

附录五　常用词谱

说明：

一、本词谱使用的符号

〇代表平声、●代表仄声、⊙代表可平可仄、△代表押平声韵、▲代表押仄声韵。

二、常用词谱五十种

1.十六字令；2.忆江南；3.忆王孙；4.如梦令；5.乌夜啼；6.长相思；7.生查子；8.浣溪沙；9.菩萨蛮；10.卜算子；11.采桑子；12.减字木兰花；13.诉衷情；14.好事近；15.忆秦娥；16.清平乐；17.更漏子；18.阮郎归；19.眼儿媚；20.西江月；21.醉花阴；22.浪淘沙；23.鹧鸪天；24.南乡子；25.鹊桥仙；26.虞美人；27.玉楼春；28.小重山；29.踏莎行；30.临江仙；31.蝶恋花；32.一剪梅；33.渔家傲；34.定风波；35.青玉案；36.天仙子；37.江城子；38.风入松；39.满江红；40.水调歌头；41.满庭芳；42.八声甘州；43.念奴娇；44.桂枝香；45.水龙吟；46.雨霖铃；47.永遇乐；48.沁园春；49贺新郎；50.摸鱼儿

1. 十六字令

[宋] 袁去华

归,
△,
目断吾庐小翠微。
⊙●⊙●●△。
斜阳外,
⊙⊙●,
白鸟傍山飞。
⊙●●○△。

说明:十六字令,又名《苍梧谣》《归字谣》,单调十六字,三平韵。

2. 忆江南

[唐] 白居易

江南好,
○⊙●,
风景旧曾谙。
⊙●●○△。
日出江花红胜火,
⊙●⊙○○●●,
春来江水绿如蓝。
⊙○⊙●●○△。
能不忆江南?
⊙●●○△。

说明:又名《望江南》《梦江南》《望江梅》《江南好》等,单调二十七字,三平韵。

3. 忆王孙

[宋] 李重元

萋萋芳草忆王孙,
⊙○⊙●●○△,
柳外楼高空断魂。
⊙●⊙○⊙●△。
杜宇声声不忍闻。
⊙●⊙●●○△。
欲黄昏,
●○△,
雨打梨花深闭门。
⊙●⊙○⊙●△。

说明:《忆王孙》单调三十一字,五平韵,句句用韵,亦有将单片重复做双调者。

4. 如梦令

[宋] 秦观

遥夜月明如水,
⊙●⊙○○▲,

风紧驿亭深闭。

⊙●⊙○○▲。

梦破鼠窥灯,

⊙●●○○,

霜送晓寒侵被。

⊙●⊙○○▲。

无寐!

○▲,

无寐!

○▲。

门外马嘶人起。

⊙●⊙○○▲。

说明:又名《忆仙姿》《宴桃园》《无梦令》,单调三十三字,五仄韵,一叠韵,上去通押。

5. 相见欢

[南唐] 李煜

无言独上西楼,

⊙○⊙●○△,

月如钩。

●○△。

寂寞梧桐深院、

⊙●⊙○○●、

锁清秋。

●○△。

剪不断,

⊙⊙▲,

理还乱,

⊙○▲,

是离愁。

●○△。

别是一般滋味、

⊙●⊙○○●、

在心头。

●○△。

说明:又名《乌夜啼》《秋夜月》《上西楼》,双调三十六字,前阕三平韵,后阕两仄韵、两平韵。

6. 长相思

[唐] 白居易

汴水流,

⊙⊙△,

泗水流,

●⊙△,

流到瓜洲古渡头。

⊙●○○⊙●△。

吴山点点愁。
⊙⊙⊙●△。

思悠悠,
⊙⊙△,
恨悠悠,
●⊙△,
恨到归时方始休。
⊙●⊙⊙⊙●△。
月明人倚楼。
⊙⊙⊙●△。

说明:又名《长相思令》《相思令》《吴山青》,双调三十六字,前后阕格式相同,各三平韵,一叠韵,一韵到底。

7. 生查子
[唐]白居易

昨宵醉里行,
⊙⊙⊙●○,
山吐三更月。
⊙●⊙○▲。
不见可怜人,
⊙●●⊙○,
一夜头如雪。
⊙●⊙○▲。

今宵醉里归,
⊙⊙⊙●○,
明月关山笛。
⊙●⊙○▲。
收拾锦囊诗,
⊙●●⊙○,
要寄扬雄宅。
⊙●⊙○▲。

说明:又名《楚云深》,双调四十字,前后阕格式相同,各两仄韵,上去通押。

8. 浣溪沙
[清]纳兰容若

谁道飘零不可怜?
⊙●⊙○●●△。
旧游时节好花天,
⊙○⊙●●○△。
断肠人去自经年!
⊙○⊙●●○△。

一片晕红才着雨,
⊙●⊙○○●●。
几丝柔柳乍和烟,
⊙○⊙●●○△。

倩魂销尽夕阳前。
⊙○⊙●●○△。

说明：双调四十二字，前阕三平韵，后阕两平韵，一韵到底。后阕开始两句一般要求对仗。

9. 菩萨蛮
［唐］李白

平林漠漠烟如织，
⊙○⊙●○○▲，
寒山一带伤心碧。
⊙○⊙●●○▲。
暝色入高楼，
⊙●●○△，
有人楼上愁。
⊙○⊙●△。

玉阶空伫立，
⊙○⊙●▲，
宿鸟归飞急，
⊙●○○▲。
何处是归程，
⊙●●○△，
长亭连短亭。
⊙○⊙●△。

说明：又名《子夜歌》，双调四十四字，前后阕各两仄韵，两平韵，平仄换韵，方式是"甲乙丙丁"。

10. 卜算子
［宋］苏轼

缺月挂疏桐，
⊙●●○○，
漏断人初静。
⊙●○○▲。
时见幽人独往来，
⊙●○○●●○，
缥缈孤鸿影。
⊙●○○▲。

惊起却回头，
⊙●●○○，
有恨无人省。
⊙●○○▲。
拣尽寒枝不肯栖，
⊙●○○●●○，
寂寞沙洲冷。
●●○○▲。

说明：双调四十四字，前后阕各两仄韵，上去通押。另有一体单押入声韵。

11. 采桑子

［宋］欧阳修

群芳过后西湖好，
⊙○⊙●○○●，
狼藉残红，
⊙●○△，
飞絮蒙蒙。
⊙●○△。
垂柳栏干尽日风。
⊙●○○○●△。

笙歌散尽游人去，
⊙○⊙●○○●，
始觉春空，
⊙●○△，
垂下帘栊。
⊙●○△，
双燕归来细雨中。
⊙●○○○●△。

说明：又称《罗敷媚》《丑奴儿》，双调四十四字，前后阕各两平韵，一韵到底。前后阕第三句也常用叠韵。

12. 减字木兰花

［宋］秦观

天涯旧恨，
⊙○⊙▲，
独自凄凉人不问。
⊙●⊙○●▲。
欲见回肠，
⊙●○△，
断尽金炉小篆香。
⊙●○○●△。

黛蛾长敛，
⊙○⊙▲，
任是春风吹不展。
⊙●⊙○●▲。
困依危楼，
⊙●○△，
过尽飞鸿字字愁。
⊙●○○●△。

说明：又名《减兰》，双调四十四字，前后阕各两仄韵，两平韵，换韵方式"甲乙丙丁"。

13. 诉衷情

[宋] 欧阳修

清晨帘幕卷轻霜,
⊙○⊙●●○△,
呵手试梅妆。
⊙●●○△。
都缘自有离恨,
⊙○⊙●○⊙,
故画作、
⊙●●、
远山长。
●○△。

思往事,
○●●,
惜流芳,
●○△,
易成伤。
●○△。
拟歌先敛,
●○○●,
欲笑还颦,
●●○○,
最断人肠。
⊙●○△。

说明:双调四十五字,前后阕各三平韵,一韵到底。又一体四十四字,将前阕四五句变为"⊙●●○△",如陆游《诉衷情·当年万里觅封侯》前阕末尾句即为"尘暗旧貂裘"。

14. 好事近

[宋] 郑獬

江上探春回,
⊙●●○○,
正值早梅时节。
⊙●●○○▲。
两行小槽双凤,
⊙●●○○●,
按凉州初彻。
●⊙○○▲。

谢娘扶下绣鞍来,
⊙○⊙●○○,
红靴踏残雪。
⊙⊙●○▲。
归去不须银烛,
⊙●●○●,
有山头明月。
●⊙○○▲。

说明：双调四十五字，前后片各两仄韵，以入声韵为宜。两结句皆上一、下四句法。

15. 忆秦娥
［唐］李白

箫声咽，
○⊙▲，
秦娥梦断秦楼月。
○○⊙●○○▲。
秦楼月，
○○▲，
年年柳色，
⊙○○●，
灞陵伤别。
●○○▲。

乐游原上清秋节，
⊙○○●●○▲，
咸阳古道音尘绝。
⊙○⊙●●○▲。
音尘绝，
○○▲，
西风残照，
⊙○⊙●，

汉家陵阙。
●○○▲。

说明：又名《秦楼月》《碧云深》《双荷叶》，双调四十六字，前后阕各三仄韵，一叠韵，均须押入声字，一韵到底。

16. 清平乐
［南唐］李煜

别来春半，
○○⊙▲，
触目柔肠断。
⊙●○○▲。
砌下落梅如雪乱，
⊙●⊙○○⊙▲，
拂了一身还满。
⊙●○○▲。

雁来音信无凭，
⊙○⊙●○△，
路遥归梦难成。
⊙○⊙●○△。
离恨恰如春草，
⊙●⊙○⊙●，
更行更远还生。
⊙○○●○△。

说明：又名《清平乐令》《醉东风》，双调四十六字，前阕四仄韵，后阕三平韵，平仄换韵。

17. 更漏子

[唐] 温庭筠

柳丝长，
●○○，
春雨细，
○●▲，
花外漏声迢递。
⊙●●○⊙▲。
惊塞雁，
○●●，
起城乌，
●○△，
画屏金鹧鸪。
●○○●△。

香雾薄，
○⊙▲，
透重幕，
⊙○▲，
惆怅谢家池阁。
⊙●●○⊙▲。

红烛背，
○●●，
绣帘垂，
●○△，
梦长君不知。
●○○●△。

说明：双调四十六字，前阕两仄韵、两平韵，后阕三仄韵，两平韵，换韵方式"甲乙丙丁"。前后阕一二句、四五句要用对仗。

18. 阮郎归

[宋] 晏几道

天边金掌露成霜，
⊙○⊙●●○△，
云随雁字长。
⊙○○●△。
绿杯红袖趁重阳，
⊙○⊙●●○△，
人情似故乡。
●○○●△。

兰佩紫，
○●●，

菊簪黄,

●○○,

殷勤理旧狂。

⊙○○●△。

欲将沉醉换悲凉,

⊙○○●●○△,

清歌莫断肠。

●○○●△。

说明:又名《醉桃源》《宴桃源》,双调四十七字,前后阕各四平韵,一韵到底,后阕起首两句要对仗。

19. 眼儿媚
〔明〕刘基

萋萋烟草小楼西,

⊙○○●●○△,

云压雁声低。

⊙○●●△。

两行疏柳,

⊙○○●,

一丝残照,

⊙○○●,

万点鸦栖。

⊙●○△。

春山碧树秋重绿,

⊙○⊙●○○●,

人在武陵溪。

⊙●●○△。

无情明月,

⊙○⊙●,

有情归梦,

⊙○⊙●,

同到幽闺。

⊙●○△。

说明:双调四十八字,上阕五句三平韵,下阕五句两平韵。

20. 西江月
〔宋〕司马光

宝髻松松挽就,

⊙●⊙○⊙●,

铅华淡淡妆成。

⊙○○●○△。

红烟翠雾罩轻盈,

⊙○⊙●●○△,

飞絮游丝无定。

⊙●⊙○⊙▲。

相见争如不见,
⊙●⊙⊙●,
有情还似无情。
⊙⊙⊙●○△。
笙歌散后酒微醒,
⊙⊙⊙●●○△,
深院月明人静。
⊙●⊙⊙⊙▲。

说明:又名《步虚词》《白苹香》《江月令》,双调五十字,前后阕各两平韵,一仄韵,同部平仄互押,前后阕起首两句例用对仗。

21. 醉花阴
[宋]李清照

薄雾浓云愁永昼,
⊙●⊙⊙○●▲,
瑞脑销金兽。
⊙●○○▲。
佳节又重阳,
⊙●●○○,
玉枕纱厨,
⊙●○○,

半夜凉初透。
⊙●○○▲。

东篱把酒黄昏后,
⊙○⊙●○○▲,
有暗香盈袖。
⊙●○○▲。
莫道不销魂,
⊙●●○○,
帘卷西风,
⊙●○○,
人比黄花瘦。
⊙●○○▲。

说明:双调五十二字,前后阕各三仄韵,一韵到底。

22. 浪淘沙
[南唐]李煜

帘外雨潺潺,
⊙●●○△,
春意阑珊。
⊙●○△。
罗衾不耐五更寒。
⊙○⊙●●○△。
梦里不知身是客,
⊙●⊙○○●●,

一晌贪欢。
⊙●○△。

独自莫凭栏,
⊙●●○△,
无限江山。
⊙●○△。
别时容易见时难。
⊙○⊙●●○△。
流水落花春去也,
⊙●⊙○○●●,
天上人间。
⊙●○△。

说明:又名《浪淘沙令》《卖花声》(不同于《谢池春》的别名《卖花声》)、《过龙门》,双调五十四字,前后阕各四平韵,一韵到底。

23. 鹧鸪天
[宋]辛弃疾

陌上柔桑破嫩芽,
⊙●○○●●△,
东邻蚕种已生些。
⊙○⊙●●○△。
平冈细草鸣黄犊,
⊙○⊙●○○●,
斜日寒林点暮鸦。
⊙●○○●●△。

山远近,路横斜
○●●,●○△,
青旗沽酒有人家。
⊙○⊙●●○△。
城中桃李愁风雨,
⊙○⊙●○○●,
春在溪头荠菜花。
⊙●○○●●△。

说明:又名《思佳客》《思越人》《醉梅花》此调很像两首七绝相并而成,唯后阕换头处稍变。双调五十五字,前后阕各三平韵,一韵到底。上阕第三、四句,下阕第一、二句一般要求对仗。

24. 南乡子
[宋]辛弃疾

何处望神州,
⊙●●○△,

满眼风光北固楼。
⊙●○○●●△,
千古兴亡多少事?
⊙●⊙○○●●,
悠悠,
○△,
不尽长江滚滚流。
⊙●○○●●△。

年少万兜鍪,
⊙●●○△,
坐断东南战未修。
⊙●○○●●△,
天下英雄谁敌手,
⊙●⊙○○●●,
曹刘,
○△,
生子当如孙仲谋。
⊙●○○●●△。

说明:双调五十六字,前后阕各四平韵,一韵到底。

25. 鹊桥仙

[宋]秦观

纤云弄巧,
○○○●,

飞星传恨,
⊙○⊙●,
银汉迢迢暗度。
⊙●⊙○○▲。
金凤玉露一相逢,
⊙○○●●○,
便胜却、
●⊙●、
人间无数。
○○⊙▲。

柔情似水,
○○○●,
佳期如梦,
○○○●,
忍顾鹊桥归路。
⊙●⊙○○▲。
两情若是久长时,
⊙○○●●○○,
又岂在、
●⊙●、
朝朝暮暮。
○○⊙▲。

说明:又名《鹊桥仙令》《金凤玉露相逢曲》《广寒秋》,

双调五十六字，前后阕各两仄韵，一韵到底。前后句首两句要求对仗。

26. 虞美人

[南唐] 李煜

春花秋月何时了，
⊙○○●●○▲，
往事知多少。
⊙●○○▲。
小楼昨夜又东风，
⊙○⊙●●○△，
故国不堪回首月明中。
⊙●●●○●●○△。

雕栏玉砌应犹在，
⊙○⊙●○○▲，
只是朱颜改。
⊙●●○▲。
问君能有几多愁？
⊙○⊙●●○△？
恰似一江春水向东流。
⊙●●○○●●○△。

说明：又名《虞美人令》《一江春水》，双调五十六字，前后阕各两仄韵、两平韵，平仄换韵，方式是"甲乙丙丁"。

27. 玉楼春

[宋] 宋祁

东城渐觉风光好，
⊙○⊙●○○▲，
縠皱波纹迎客棹。
⊙●⊙○○●▲。
绿杨烟外晓寒轻，
⊙○⊙●●○○，
红杏枝头春意闹。
⊙●⊙○○●▲。

浮生长恨欢娱少，
⊙○⊙●○○▲，
肯爱千金轻一笑。
⊙●⊙○○●▲。
为君持酒劝斜阳，
⊙○⊙●●○○，
且向花间留晚照。
⊙●○○○●▲。

说明：又名《木兰花》《春晓曲》，双调五十六字，前后阕格式相同，各三仄韵，一韵到底。

28. 小重山
[宋]岳飞

昨夜寒蛩不住鸣，
⊙●○○○●△，
惊回千里梦、
⊙○○●●、
已三更。
●○△。
起来独自绕阶行，
⊙○⊙●●○△，
人悄悄，
○⊙●，
帘外月胧明。
⊙●●○△。

白首为功名，
⊙●●○△
旧山松竹老、
⊙○○●●、
阻归程。
●○△。

欲将心事付瑶筝，
⊙○⊙●●○△，
知音少，
○⊙●，
弦断有谁听。
⊙●●○△。

说明：又名《小冲山》《小重山令》，双调五十八字，前后阕各四平韵，一韵到底。

29. 踏莎行
[宋]秦观

雾失楼台，
⊙●○○，
月迷津渡，
⊙○●▲，
桃园望断无寻处。
⊙○⊙●○○▲。
可堪孤馆闭春寒，
⊙○⊙●●○○，
杜鹃声里斜阳暮。
⊙○⊙●●○▲。

驿寄梅花，
⊙●○○，

鱼传尺素,
⊙○●▲,
砌成此恨无重数。
⊙○⊙●○○▲。
郴江幸自绕郴山,
⊙○⊙●●○○,
为谁流下潇湘去。
⊙○⊙●●○▲。

说明:又名《踏雪行》,双调五十八字,前后阕各三仄韵,前后阕开始两句例用对仗。

30. 临江仙

[宋]陈与义

忆昔午桥桥上饮,
⊙●⊙○○●●,
坐中多是豪英。
⊙○⊙●○○△。
长沟流月去无声。
⊙○⊙●●○△。
杏花疏影里,
⊙○○●●,
吹笛到天明。
⊙●●○△。

二十余年如一梦,
⊙●⊙○○●●,
此身虽在堪惊。
⊙○⊙●○△。
闲登小阁看新晴。
⊙○⊙●●○△。
古今多少事,
⊙○○●●,
渔唱起三更。
⊙●●○△。

说明:双调六十字,前后阕各三平韵,一韵到底。

31. 蝶恋花

[宋]苏轼

花褪残红青杏小,
⊙●⊙○○●▲,
燕子飞时,
⊙●○○,
绿水人家绕。
⊙●○○▲。
枝上柳绵吹又少,
⊙●⊙○○●▲,

天涯何处无芳草。
⊙○○⊙●○○▲。

墙里秋千墙外道,
⊙●○○⊙●▲,
墙外行人,
⊙●○○,
墙里佳人笑。
⊙●○○▲。
笑渐不闻声渐悄,
⊙●⊙○○●▲,
多情却被无情恼。
⊙○⊙●○○▲。

说明:又名《鹊踏枝》,双调六十字,前后阕各四仄韵,一韵到底。

32. 一剪梅
[宋] 蒋捷

一片春愁带酒浇。
⊙●○○●●△。
江上舟摇,
⊙●○△,
楼上帘招,
⊙●○△,

秋娘渡与泰娘桥。
⊙○⊙●●○△。
风又飘飘,
⊙●○△,
雨又萧萧。
⊙●○△。

何日归家洗客袍。
⊙●○○●●△。
银字筝调,
⊙●○△,
心字香烧,
⊙●○△,
流光容易把人抛。
⊙○⊙●●○△。
红了樱桃,
⊙●○△,
绿了芭蕉。
⊙●○△。

说明:又名《腊梅香》,双调六十字,前后阕句句用平韵,一韵到底。八个四字句一般都用对仗。有一体只须前后阕的一、三、六句用韵。

33. 渔家傲

[宋]范仲淹

塞下秋来风景异,
●●⊙○○●▲,
衡阳雁去无留意。
⊙○○●●○▲。
四面边声连角起,
⊙●○○○●▲,
千障里,
○⊙▲,
长烟落日孤城闭。
⊙⊙●○○▲。

浊酒一杯家万里,
●●⊙○○●▲,
燕然未勒归无计。
⊙⊙○●●○▲。
羌管悠悠霜满地,
⊙●○○○●▲,
人不寐,
○⊙▲,
将军白发征夫泪。
⊙○⊙●○○▲。

说明：双调六十二字，前后阕各五仄韵，句句用韵，一韵到底。

34. 定风波

[宋]苏轼

莫听穿林打叶声,
⊙●○○●●△,
何妨吟啸且徐行。
⊙○○●●○△。
竹杖芒鞋轻胜马,
⊙●○○○●▲,
谁怕？
○▲？
一蓑烟雨任平生。
⊙○○●●○△。

料峭春风吹酒醒,
⊙●○○○●▲,
微冷。
○▲。
山头斜照却相迎。
⊙○○●●○△。
回首向来萧瑟处,
⊙●⊙○○●▲,

归去,

○▲,

也无风雨也无晴。

⊙○⊙●●○△。

说明：双调六十二字。前阕三平韵，两仄韵，后阕四仄韵，两平韵。以平声韵为主间以仄声韵。

35. 青玉案
［宋］贺铸

凌波不过横塘路,

⊙○⊙●○○▲,

但目送芳尘去。

●⊙●○○▲。

锦瑟年华谁与度,

⊙●⊙○○●▲,

月楼花院,

●○○●,

绮窗朱户,

●○○▲,

惟有春知处。

⊙●○○▲。

碧云冉冉蘅皋暮,

⊙⊙●●○○▲,

彩笔空题断肠句。

⊙●○○●○▲。

试问闲愁都几许,

⊙●⊙○○●▲,

一川烟草,

●○○●,

满城风絮,

●○○▲,

梅子黄时雨。

⊙●○○▲。

说明：又名《横塘路》《西湖路》，双调六十七字，前后阕各五仄韵，上去通押。

36. 天仙子
［宋］张先

水调数声持酒听,

⊙●○○●●▲,

午醉醒来愁未醒。

⊙●⊙○○●▲,

送春春去几时回,

⊙⊙●●○○,

临晚镜,
○⊙▲,
伤流景,
○⊙▲,
往事后期空记省。
⊙●⊙○○●▲。

沙上并禽池上暝,
⊙●⊙○○●▲,
云破月来花弄影。
⊙●⊙○○●▲。
重重帘幕密遮灯,
⊙○○●●○○,
风不定,
○⊙▲,
人初静,
○⊙▲,
明日落红应满径。
⊙●⊙○○●▲。

说明:双调六十八字,前后阕各五仄韵,上去通押。第四、五两句,平仄多不拘,唯第二句第二字必用去声。

37. 江城子

[宋]苏轼

十年生死两茫茫,
⊙○⊙●●○△,
不思量,
●○△。
自难忘。
●○△。
千里孤坟,
⊙●○○,
无处话凄凉。
⊙●●○△。
纵使相逢应不识,
⊙●⊙○○●▲,
尘满面,
●○●,
鬓如霜。
●○△。

夜来幽梦忽还乡,
⊙○○●●○△,
小轩窗,
●○△,
正梳妆。
●○△。

相顾无言,
⊙●○○,
惟有泪千行。
⊙●●○△。
料得年年肠断处,
⊙●⊙○○●▲,
明月夜,
●○●,
短松岗。
●○△。

说明:又名《江神子》,双调七十字,前后阕格式相同,各五平韵,一韵到底。

38. 风入松

[宋] 吴文英

听风听雨过清明,
⊙○⊙●●○△,
愁草瘗花铭。
⊙●●○△。
楼前绿暗分携路,
⊙○●●○●,
一丝柳、
●○⊙、

一寸柔情。
⊙●○△。
料峭春寒中酒,
⊙●○○○●,
交加晓梦啼莺。
⊙○⊙○○△。

西园日日扫林亭,
⊙○⊙●●○△,
依旧赏新晴。
⊙●●○△。
黄蜂频扑秋千索,
⊙○⊙●●○●,
有当时、
●○⊙、
纤手香凝。
⊙●○△。
惆怅双鸳不到,
⊙●⊙○⊙●,
幽阶一夜苔生。
⊙○⊙●○△。

说明:双调七十六字,前后阕各六句、四平韵。

39. 满江红

[宋]岳飞

怒发冲冠,
⊙●○○,
凭栏处、
⊙⊙●、
潇潇雨歇。
⊙○○▲。
抬望眼,
⊙⊙●,
仰天长啸,
⊙○○●,
壮怀激烈。
●○○▲。
三十功名尘与土,
⊙●⊙○○●●,
八千里路云和月。
⊙○⊙●○○▲。
莫等闲、
●⊙○、
白了少年头,
⊙●●○○,
空悲切。
○○▲。

靖康耻、
⊙⊙●、
犹未雪,
⊙○▲,
臣子恨、
⊙⊙●、
何时灭。
⊙○▲。
驾长车踏破,
●○⊙○○●,
贺兰山缺。
●○○▲。
壮志饥餐胡虏肉,
⊙●○○⊙●●,
笑谈渴饮匈奴血。
⊙○⊙●○○▲。
待从头、
●⊙○、
收拾旧山河,
⊙●●○○,
朝天阙。
○○▲。

说明：双调九十三字，前

阕四仄韵，后句五仄韵，前后阕的两对七字句均要对仗。后阕开头的四个三字句也用对仗。此调例用入声字。

40. 水调歌头

［宋］苏轼

明月几时有，
⊙●●○●，
把酒问青天。
⊙●●○△。
不知天上宫阙，
⊙○⊙●●，
今夕是何年。
⊙●●○△。
我欲乘风归去，
⊙●○●●，
又恐琼楼玉宇，
⊙●○●●，
高处不胜寒。
⊙●●○△。
起舞弄清影，
⊙●●○●，
何似在人间。
⊙●●○△。

转朱阁，
●⊙●，
低绮户，
⊙●●，
照无眠。
●○△。
不应有恨，
⊙○○●，
何事长向别时圆。
○●○●●○△。
人有悲欢离合，
⊙●○○⊙●，
月有阴晴圆缺，
⊙●○○⊙●，
此事古难全。
⊙●●○△。
但愿人长久，
⊙●○●●，
千里共婵娟。
⊙●●○△。

说明：又名《花犯念奴》，双调六十字，前后阕各四平韵，一韵到底。前后句起二字也可用对仗。

41. 满庭芳

［宋］秦观

晓色云开，
⊙●○○，
春随人意，
⊙○⊙●，
骤雨才过还晴。
●⊙⊙●⊙△。
古台芳榭，
⊙○○●，
飞燕蹴红英。
⊙●●○△。
舞困榆钱自落，
⊙●⊙○○●，
秋千外、
○⊙●、
绿水桥平。
⊙●○△。
东风里、
○○●、
朱门映柳，
○○○●，
低按小秦筝。
⊙●●○△。

多情。
○△。
行乐处，
⊙●●，
珠钿翠盖，
⊙○⊙●，
玉辔红缨。
⊙●○△。
渐酒空金榼，
●⊙⊙⊙●，
花困蓬瀛。
⊙○●△。
豆蔻梢头旧恨，
⊙●⊙○⊙●，
十年梦、
⊙⊙●、
屈指堪惊。
⊙●○△。
凭阑久、
⊙○●、
疏烟淡日，
○○○●，
寂寞下芜城。
⊙●●○△。

说明：又名《满庭花》，双调九十五字，前阕四平韵，后阕五平韵，一韵到底。

42. 八声甘州

［宋］柳永

对潇潇暮雨洒江天，
●⊙○○●●○○，
一番洗清秋。
⊙○●○△。
渐霜风凄紧，
●⊙●○，
关河冷落，
⊙○○●，
残照当楼。
⊙●○△。
是处红衰翠减，
⊙●⊙○●，
苒苒物华休。
⊙●●○△。
惟有长江水，
⊙●⊙○●，
无语东流。
⊙●○△。

不忍登高临远，
⊙●⊙○⊙●，
望故乡渺邈，
●⊙○⊙●，
归思难收。
⊙●○△。
叹年来踪迹，
●⊙⊙●●，
何事苦淹留？
⊙●●○△。
想佳人、
●○○、
妆楼颙望，
⊙○⊙●，
误几回、
●○○、
天际识归舟。
⊙●●○△。
争知我、
○○●、
倚阑干处，
⊙○⊙●，
正恁凝愁。
⊙●○△。

说明：又名《甘州》《潇潇雨》《宴瑶池》，双调九十七字，唐边塞曲，前后阕各四平韵，一韵到底。

43. 念奴娇
［元］萨都拉

石头城上，
●○○●，
望天低吴楚，
●○○○⊙●，
眼空无物。
●○○▲。
指点六朝形胜地，
⊙●⊙○○●●，
惟有青山如壁。
⊙●⊙○○▲。
蔽日旌旗，
⊙●○○，
连云樯橹，
○○⊙●，
白骨纷如雪。
⊙●○○▲。
一江南北，
⊙○○●，

消磨多少豪杰。
⊙○⊙●○▲。

寂寞避暑离宫，
⊙●⊙●○○，
东风辇路，
○○⊙●，
芳草年年发。
⊙●○○▲。
落日无人松径冷，
⊙●⊙○○●●，
鬼火高低明灭。
⊙●⊙○○▲。
歌舞尊前，
⊙●○○，
繁华镜里，
○○⊙●，
暗换青青发。
⊙●○○▲。
伤心千古，
⊙○○●，
秦淮一片明月。
⊙○○●○▲。

说明：又名《百字令》《酹江月》《大江东去》，双调一百字，前后阕各四仄韵，一韵到底，常用入声韵。又一体，上阕第二、三句句读不同，如苏轼《念奴娇·赤壁怀古》："浪淘尽，千古风流人物。"

44. 桂枝香

[宋]王安石

登临送目，
○○●▲，
正故国晚秋，
●●●⊙○，
天气初肃。
⊙⊙○▲。
千里澄江似练，
⊙●○○⊙●，
翠峰如簇。
●○○▲。
征帆去棹残阳里，
⊙○⊙●○○，
背西风，
●○○，
酒旗斜矗。
⊙○○▲。

彩舟云淡，
●○○●，
星河鹭起，
⊙○●，
画图难足。
●○○▲。

念往昔、豪华竞逐，
●⊙●、○○●▲，
叹门外楼头，
●⊙●○○，
悲恨相续。
⊙⊙○▲。
千古凭高对此，
⊙●○○⊙●，
漫嗟荣辱。
●○○▲。
六朝旧事随流水，
⊙⊙●○○●，
但寒烟、
●○○、
衰草凝绿。
⊙○○▲。
至今商女，
●○○●，

时时犹唱,

⊙○○●,

后庭遗曲。

●○○▲。

说明:又名《疏帘淡月》,双调一百零一字,前后阕各五仄韵,押入声韵。一韵到底。

45. 水龙吟

[宋]张炎

仙人掌上芙蓉,

○○⊙●○○,

涓涓犹滴金盘露。

⊙○⊙●○○▲。

轻妆照水,

⊙○●●,

纤裳玉立,

⊙○●●,

飘摇似舞。

⊙○●▲。

几度消凝,

○●○○,

满湖烟月,

⊙○○●,

一汀鸥鹭。

⊙○○▲。

记小舟夜悄,

●●○⊙●,

波明香远,

⊙○⊙●,

浑不见、

⊙●●、

花开处。

○○▲。

应是浣纱人妒,

⊙●●○○▲,

褪红衣、

●○○、

被谁轻误?

⊙○○▲?

闲情淡雅,

⊙○●●,

冶容清润,

⊙○○●,

凭娇待语。

⊙○●▲。

隔浦相逢,

⊙●○○,

第五编 附录 255

偶然倾盖,
⊙○○●,
似传心素。
⊙○○▲。
怕湘皋佩解,
●○○●●,
绿云十里,
⊙○⊙●,
卷西风去。
●○○▲。

说明：又名《龙吟曲》《小楼连苑》，双调一百零二字，前阕四仄韵、后阕五仄韵，上去通押。

46. 雨霖铃

［宋］柳永

寒蝉凄切,
○○○▲,
对长亭晚,
●○○●,
骤雨初歇。
●⊙○▲。
都门帐饮无绪,
○○●●○●,

方留恋处,
○○●●,
兰舟催发。
○○○▲。
执手相看泪眼,
●●○○●●,
竟无语凝噎。
●○●○▲。
念去去、
●●●、
千里烟波,
○●●○,
暮霭沉沉楚天阔。
●●○○●○▲。

多情自古伤离别,
○○●●○○▲,
更那堪、
●○○、
冷落清秋节。
●●○○▲。
今宵酒醒何处？
○○●●●●,
杨柳岸,
○●●,

晓风残月。

●○○▲。

此去经年,

●●○○,

应是良晨好景虚设,

○●○○●●○▲,

便纵有,

●●●,

千种风情,

○●○○,

更与何人说?

●●○○▲。

说明:又名《雨霖铃慢》,双调一百零三字,前后阕各五仄韵,本调例用入声韵,且多用拗句。例词"方留念处"多作"留念处"。

47. 永遇乐

[宋]蒋捷

清逼池亭,

⊙●○○,

润侵山阁,

⊙○⊙●,

云气凝聚。

○●○▲。

未有蝉前,

⊙●○○,

已无蝶后,

⊙○○●,

花事随流水。

⊙●○○▲。

西园支径,

⊙○○●,

今朝重到,

⊙○○●,

半碍醉筇吟袂。

⊙●●○○▲。

除非是、

⊙○●、

莺身瘦小,

○○●●,

暗中引雏穿去。

⊙○●○○▲。

梅檐溜滴,

⊙○⊙●,

风来吹断,

⊙○○●,

放得斜阳一缕。
⊙●⊙○⊙▲。
玉子敲枰,
⊙●○○,
香绡落剪,
⊙○⊙●,
声度深几许。
⊙●○○▲。
层层离恨,
⊙○○●,
凄迷如此,
⊙○○●,
点破谩烦轻絮。
⊙●⊙○⊙▲。
应难认、
⊙○●、
争春旧馆,
○○●●,
倚红杏处。
○○●▲。

说明：双调一百零四字,前后阕各四仄韵,上去通押。

48. 沁园春

[清] 纳兰性德

瞬息浮生,
⊙●○○,
薄命如斯,
●●○○,
低徊怎忘?
⊙○●△?
记绣榻闲时,
●⊙○⊙●,
并吹红雨;
⊙○⊙●;
雕阑曲处,
⊙○⊙●,
同倚斜阳。
⊙●○△。
梦好难留,
⊙●○○,
诗残莫续,
⊙○⊙●,
赢得更深哭一场。
⊙●⊙○⊙●△。
遗容在,
○○●,

只灵飙一转,
⊙○○●●,
未许端详。
●●○△。

重寻碧落茫茫,
○○●●○△,
料短发朝来定有霜。
●⊙●○○⊙●△。
便人间天上,
●⊙○○●,
尘缘未断,
⊙○⊙●,
春花秋叶,
⊙○⊙●,
触绪还伤。
⊙●○△。
欲结绸缪,
⊙●○○,
翻惊摇落,
⊙○○●,
减尽荀衣昨日香。
⊙●○○⊙●△。
真无奈!
○○●,

倩声声邻笛,
●○○●●,
谱出回肠。
⊙●○△。

说明：双调一百十四字，前阕四平韵，后阕五平韵，一韵到底，前阕四五句，六七句、八九句，后阕三四句，五六句，七八句均要求对仗。四个五字句，都是上一下四句法。

49. 贺新郎

[宋] 辛弃疾

绿树听鹈鴂，
⊙●○○▲，
更那堪、
●○○、
鹧鸪声住，
⊙○●●，
杜鹃声切。
⊙○○▲。
啼到春归无寻处，
○●○○○●，
苦恨芳菲都歇。
⊙●○○●▲。

算未抵、

●⊙●、

人间离别。

⊙○○▲。

马上琵琶关塞黑,

⊙●⊙○○●●,

更长门,

●○○,

翠辇辞金阙。

⊙●○○▲。

看燕燕,

○●●,

送归妾。

●○▲。

将军百战身名裂。

○○●●○○▲。

向河梁、

●○○、

回头万里,

○○●●,

故人长绝。

●○○▲。

易水萧萧西风冷,

⊙●○○⊙○●,

满座衣冠似雪。

⊙●○○●▲。

正壮士、

●⊙●、

悲歌未彻。

○○○▲。

啼鸟还知如许恨,

⊙●⊙○○⊙●,

料不啼、

●○○、

清泪长啼血。

⊙●○○▲。

谁共我,

○●●,

醉明月。

●○▲。

说明:又名《金缕曲》《乳燕飞》《风敲竹》《貂裘换酒》,双调一百十六字,前后阕各六仄韵,押入声韵为佳,也可上去通押。

50. 摸鱼儿

[宋] 辛弃疾

更能消、

●○○、

几番风雨,
⊙○○●,
匆匆春又归去。
⊙○○●○▲。
惜春长怕花开早,
○○⊙●○○●,
何况落红无数。
⊙●○○▲。
春且住。
○●▲。
见说道、
⊙●●,
天涯芳草迷归路。
○○○●○○▲。
怨春不语,
○○●▲,
算只有殷勤,
●⊙●○○,
画檐蛛网,
○○⊙●,
尽日惹飞絮。
⊙●●○▲。

长门事,
○○●,

准拟佳期又误。
⊙●○○●▲。
蛾眉曾有人妒。
⊙○○●○▲。
千金纵买相如赋,
○○⊙●○○●,
脉脉此情谁诉?
⊙●●○○▲?
君莫舞,
○●▲,
君不见、
⊙●●、
玉环飞燕皆尘土。
○○⊙●○○▲。
闲愁最苦。
○○●▲。
休去倚危栏,
●⊙●○,
斜阳正在,
○○⊙●,
烟柳断肠处。
⊙●●○▲。

说明:又名《买陂塘》《陂塘柳》,双调一百一十六字,前后阕各七仄韵,上去通押。

参考文献

王力,《诗词格律》,中华书局,1977年。
启功,《诗文声律论稿》,中华书局,2009年。
冯振,《七言绝句作法举隅》,北京市中国书店,1985年。
龙榆生,《唐宋词格律》,上海古籍出版社,2010年。
龙榆生,《词学十讲》,中华书局,2017年。
夏承焘、吴熊和,《读词常识》,中华书局,2014年。
瞿兑园、周紫宜,《学诗浅说》,当代中国出版社,2014年。
宛敏灏,《词学概论》,中华书局,2009年。
尹贤,《诗词写作指导》,花城出版社,2000年。
熊东遨,《步入诗词殿堂之门径》,河南文艺出版社,2018年。

后 记

　　时下诗词很火，中小学教材也大量增加了诗词篇目，这对于弘扬优秀传统文化自然是大好事。然而，爱诗词、背诗词，却不会写诗词，这又是很多人的心头之憾，更是许多语文教师和传统文化研究者自身的难言之隐。

　　"不懂格律，不会写作，对诗词的理解和鉴赏也好不到哪里去！"这个"武断"的观点，我在各地做诗词大会点评、在很多学校做讲座时多次讲过。知格律，晓作法，对于促进背记、深化鉴赏、提升教学无疑是大有裨益的。只是，今天的我们亟须补上这"断层"的一课。

　　其实，诗词写作并不难，而且很好玩。不仅要谈格律、作法，还要谈玩法，让读者轻松走进创作领域，这是我的写作初衷。关于格律，王力先生《诗词格律》和许多诗词教程都有介绍，但我不想停留在静态的规则介绍上，而是更多地关注写作的动态过程，力图解决初学者、进阶者在实操中的具体难点。为此，我把自己的角色从学者、教授转化成运动场上的教练员，凭借创作与教学的双重经验，提出了一系列训练方法。没有学究化的表述，讲的实质上是教学法，是诗词的过程写作学。

诗词写作离今人并不遥远，传统诗词依然可以表现当代生活。本书引征的案例不再局限于唐诗宋词，还引用了元明清直至民国的诗词，甚至还引了当代人的一些作品。在阅读过程中，我相信，你时常可以感受到时代的气息。

本书的出版得到了广东第二师范学院省级应用型课程——国学教育课程建设项目的经费资助，中文系主任陈涵平教授给予了大力支持。诗友穿越梅岭帮忙仔细校对了全稿；当代诗词名家熊东遨先生、诗友向小文、弄影、雨亭、思尘等提供了指导和帮助；在写作过程中，还听取过央视中国诗词大会总冠军雷海为和一些中小学一线语文教师的建议。

在此并致谢忱！

庚子新正于广州